JN056125

「――そう、俺がフローレスに夢中なんです。
彼女がいないと生きていけない」
耳に馴染んだ愛しい声が
頭上から降ってきて茫然とする。
ぎこちなく見上げる。
そこにいたのは、
多少くたびれた感じはあるけれど、
正真正銘ライアンその人だった。

ライアン
騎士団の若き出世頭として
有名な公爵令息。
フローレスの恋人。
フローレス
超前向きな男爵令嬢。
婚約破棄の慰謝料を元手に、
幼い頃からの夢だった
カフェ経営をスタート。
オリヴィア
公爵夫人で、ライアンの母親。
上品だがユーモラスな
一面も。

Character
レイチェル
フローレスのカフェで
アルバイトとして働いている。
元気いっぱい。
リリア
フローレスの元婚約者・
リカルドの新しい婚約相手。
玉の輿を狙っている。
タイラー
フローレスのカフェで
アルバイトとして働いている。
人懐こい。

「愛しているよ、フローレス」
「私も愛してるわ、ライアン」

めでたく婚約破棄が成立したので、自由気ままに生きようと思います

3

Toma Riko

当麻リコ

ill. 茲助

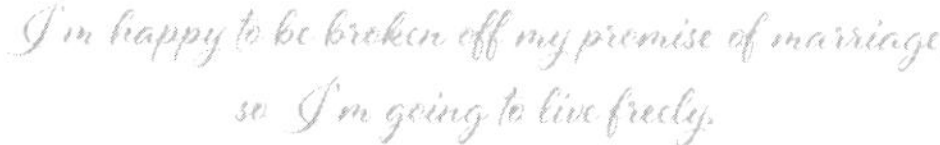

CONTENTS

プロローグ

Prologue

「覚悟はできてる？　ライアン」

自宅のリビングソファの、隣に座るライアンに問う。

「それ、俺がフローレスに聞くべきじゃないかな」

ライアンが苦笑しながら、私が淹れた紅茶を一口飲んだ。

「その真剣な顔、まるで戦場に向かうみたいだ」

「あら、まさにそんな気分よ？」

自分用に淹れた、とびきり濃い目のコーヒーのおかげで、いつもより高揚している自覚はある。だけど、それくらい気合いを入れておかないと明日を乗り越えられる気がしないのだ。

明日、私とライアンの関係を認めてもらうため、私の両親を伴ってクリフォード公爵邸を訪問する予定になっている。

その作戦会議というか、傾向と対策を練るためにデート終わりにライアンと本番前最後の相談をしていた。

「そんなに緊張しなくても、父も母も君をとって食べたりはしないよ」

むしろ君を取られないかが心配だ、と本気か冗談か分からない口調でライアンが遠い目をする。

なぜかはよく分からないが、ライアンのご両親は私のことをとても気に入ってくれているらしい。

「……ライアン、私のこと良く言い過ぎなんじゃない？」

「事実しか言ってない。というより、どちらかといえば控えめなくらいだ」

期待値が高すぎるのも考え物だと思って責めるような目でライアンを見るが、彼は涼しい顔で肩を竦めてみせた。

「フローレスの良いところをすべて並べると大袈裟だの色ボケだの言われてしまうからね」

不服そうにライアンが言う。どうやら彼的にはまだまだ言い足りていないらしい。

恋は思案の外。あばたもえくぼ。惚れた欲目とはよく言ったもので、ライアンもまさしくその状況に陥っているようだ。

前々からこの恋人の好みは少し変わっているとは思っていたけれど、ここまで過大評価されているとなると困ったことになるのではないか。

もちろん手放しで褒められるのは嬉しいし、私が私らしくしているだけで彼の好みを満たせるというのは幸運といえる。けれど親への紹介となると話は別だ。

自分に自信がないわけではないけれど、ライアンが設置した高めのハードルを、飛び越えられるかと聞かれたら頭を抱えたくなる。

「やっぱり明日は戦場へ向かうようなものね……」

ごくりと喉を鳴らしながらそんなことを呟いてしまう。

いかに高位貴族だろうと、お客様として接するなら完璧な対応もできるが、婚約者の両親ともなれば緊張しないわけにはいかない。これはもう、結婚の挨拶に行く人すべてが味わう緊張感だろう。だってこの完璧超人ライアンでさえ、うちの親に挨拶する時にガチガチに緊張していたもの。

あの時のライアン、可愛(かわい)かったな。

公爵令息が一代男爵に怯(おび)えるなんて。そうそう見られるものではない。

まあそれも我が家に着くまでのわずかな間だけで、実際に対面した時にはすっかり爽やか紳士顔に戻ってはいたけれど。

あそこまで好印象を残すのは無理でも、できる限りのことはしたい。

「今から完璧な淑女になるのは難しいけど、貴族の礼儀作法はしっかり勉強したから！」

「そんなに気負わなくとも……」

まかせて！　と握りこぶしを作って力強く言う私に、ライアンが苦笑して宥(なだ)めるように言う。

「俺もフォローするし、もし両親がフローレスに失礼を働くようであればその場で絶縁したって構わない」

「構うわよ」

穏やかな口調で過激なことを言うライアンに呆(あき)れてしまう。

すべてにおいて私を第一優先にしてくれるのは嬉しいけれど、私はライアンの人生を破綻させたいわけではないのだ。

「大丈夫。私だって本気で上手くいかないって思ってるわけじゃないの」

だってライアンを産み育てた人たちだ。きっと身分や職業で露骨に差別するような人間ではないと信じている。だからこそ余計に気を引き締めているのだけど。

「公爵家の籍は抜けても、あなたの大切なご家族なのは変わらないでしょう？　仲良くしたいのよ」

掛け値なしの本心を言って笑えば、ライアンが眉尻を下げて私の手にそっと触れた。

「大丈夫、きっとうまくいく」

「当然よ。絶対に成功させるわ」

力強く頷いて見せる。

もともと貴族相手でも物怖じしない性質だし、それに見合うだけの知識も蓄えてきた。その上でさらにライアンに相応しくなるための努力を重ねたのだ。

内心はどうあれ、表面上だけでも沈着冷静に振る舞おう。

そしてライアンのご両親から信頼を勝ち得るのだ。

この手で、ライアンとの幸せな未来をつかみ取るために。

第一章

Chapter One

誇張でもなんでもなく、私は自分で思っていたよりずいぶんとリラックスしていた。

きらびやかな装飾品に囲まれ、フカフカの絨毯を踏みしめながら、視線はまっすぐ前を見据えていられたし、足だって震えていなかった。

なにせ、私の前を歩く父が完全にガチガチに緊張していたもので。

——人間って、自分以上に取り乱した人を見ると逆に冷静になるものよね。

そんなことを考える余裕さえあった。

応接室にはすでにライアンと彼のご両親が待っていた。

ここまで案内してくれた執事が私たちを紹介するよりも先に、ご両親が立ち上がる。

貴族社会って、身分が高い方があとから現れるものじゃなかったかしら。

そんなことを思ってライアンに視線をやったら、なんだかとても申し訳なさそうな顔をしていた。

やはり私の記憶の方が正しいようだ。

「ようこそアークライト男爵。さ、どうぞこちらへ」

「おっ、お待たせしてしまい大変申し訳ございません！」

親し気に招き入れてくれるクリフォード公爵とは対照的に、落ち着きなく父が何度も頭を下げる。

その背を支えるように母が手を添えていたが、母自身も顔色が冴えない様子だ。

「なに、私たちが待ちきれずに早く来すぎてしまっただけです」

なるほど、これが伝統ある大貴族と即席貴族との格の違いか。

どっしり構えている公爵夫妻に感動を覚えながら、父が私を紹介するのに合わせて貴族の礼をとる。

「あなたがフローレスさんね。ずっと会いたかったわ」

公爵夫人がにこやかに言う。

そこになんの含みもないと思えるほど私も純粋ではない。大切に育てた息子が、ほぼ庶民同然の娘を連れてきたのだ。きっと内心穏やかではないはずだ。けれどうっかりそう思いたくなるほどに完璧な微笑みだった。

「すでに息子から話は聞いております。初めはもちろん驚いたが、今までに見たことのないほどの熱意で。すっかり絆されてしまいましたよ」

「そうなの。ライアンたら、今まで誰を薦めてものらりくらりだったのに、フローレスさんとお付き合いを始めてからそれはもう熱心にあなたのことを話してくれるようになって」

公爵夫妻がニコニコと話す横で、ライアンが気恥ずかしそうに俯いている。

私の親は、信じられないという顔つきでそんなライアンを見ていた。

「しかし、本当にうちの娘でよろしいのでしょうか」

「ええもちろん。今はしっかりと納得しているわ」

「もちろん最終的にはこれからの振る舞いを見させていただいた上での判断とはなるが、実のところあまり心配はしていないのですよ」

公爵の言葉に夫人が頷く。

「わたくしたち、本当に嬉しいの。だってライアンが本当に幸せそうなのだもの」

「フローレスさんの活躍はたっぷり聞かせていただいてるよ」

公爵が私に向けてパチンとウィンクをする。

ライアンたら、一体この二人に何を話したのだろう。

「恐れ入ります」

ほんのり不安になりながら、公爵にぎこちない笑みを返す。

「特にスターリングとのいざこざがね。大変申し訳ないのだけどおかしくてもう！」

口元を華奢な指先で隠しながら夫人が楽し気に言う。

「こらこらオリヴィア。もう少し言い方があるだろう」

窘めるように公爵が言ってくれるが、ころころと笑う夫人が可愛らしいので、正直なところ全然気にならない。

むしろこの美人を喜ばせることができたのだとしたら、頑張って戦った甲斐があるというものだ。

「その節は、本当に大それたことを……」

父が恐縮して頭を下げる。

表向きはクリフォード公爵家と同等のスターリング公爵家だ。結果として陥れるようなことをしてしまったのを、同じ高位貴族として面白く思っていないのではないか。

そんなふうに怯（おび）えて、今日の顔合わせで責められるんじゃないかとびくびくしていたのだ。

「あらいいのよ、もっとやってもくれても構わないくらい」

「リヴィー」

「母上」

公爵とライアンがほぼ同時に言うと、夫人はあらいけないとばかりに口元を指先で押さえて口をつぐんだ。

彼女の言動はどこか少女めいていて、それでいて不思議と上品で優雅だ。

これが王族の血を引く人間というものなのだろうか。

「……実際のところ、スターリング家の行動には目に余るものがありましたからな。アークライト家の皆さんには多大なるご迷惑をおかけしたことでしょう。同じく国の根幹を担うものとして、諫（いさ）めることができなかったことを深くお詫（わ）びいたします」

「いえあのそんなっ！」

逆に深々と公爵に頭を下げられて、家族一同慌ててしまう。

「公爵様にはなんの落ち度もありませんし、あれは我が家とスターリング公爵家との問題であって、しかもそれすら娘がほぼすべて片を付けてしまって、本当に面目も無く」

脂汗を滲ませながらもごもご言う父に、母がさりげなくハンカチを渡す。

私はハラハラしながらその様子を見守った。

「貴族という立場は非常に強いものです。時として自分より位の低いものに傍若無人な振る舞いが許されてしまう時がある。だからこそそれを自覚して自制しなくてはならないし、それができないものがいるのなら、同格のものが歯止めになるべきだ。その点で言えば、スターリングの暴走に対抗できるのは私たちだけだったのに」

淀みなく言って、真剣な表情のまま公爵がじっと私を見る。もしかしたらずっとそのことを後悔していたのかもしれない。

「当時、リカルドとの結婚は君が望んだのだと思い込んでいた。貴族と庶民の婚約というだけで、事実を見誤っていたのだ。それがまさか脅されての結婚だったとは」

悔やむように言って、公爵が先を続ける。

「己の視野の狭さを改めてここでお詫びしよう。同じ公爵家の者のせいで、随分と苦しい思いをさせてしまった」

「そんな！　無理もない話です。あの時は誰もが私を貴族に取り入った下賤の娘と思っておりましたし、仕方のないことだったと今も思っています」

「私が不甲斐ないばかりに……」

私が慌てて否定すると、今度は父が悔しそうにぎゅっと拳を握り締めてそう言った。

「私の仕事や爵位を盾に脅されているとも知らず、呑気に喜んで娘の将来を台無しにするところでした。知っていたら、そんなものすべて捨てて国外に逃げたって構わなかったのに」

父に自分を責めてほしいわけではない。だからこそ私は誰にも知られないように一人で戦うことを選んだのだ。

「あらそれは困るわ。私には王都で店を持つっていう夢があったんだもの」

まったく気にしていないとばかりに明るい口調で笑いながら言えば、父が苦り切った顔で「まさかあれを踏み台にして実際に叶えるとはな」とため息をついた。

「はっはっは！」

そのやりとりを見て、公爵が闊達に笑い声を上げた。

「息子に聞いていた通り、強いお嬢さんだ」

「ええ本当に。婚約破棄の話をライアンに聞いた時、あまりの痛快さにスッとしたもの」

公爵夫妻が笑みを交わし合って、それから夫人がハタと表情を改めて私を見た。

「……まさか今度はライアンに脅されていたりしないでしょうね？」

「違います！」

「母上！」

深刻な顔で問われて、私の言葉にライアンの焦ったような声が重なる。

「……ふふっ、あはっ！　やだもうライアンったら！」

瞬間、夫人が涙を目に溜めて笑い始めた。どうやら私たちは二人そろって彼女にからかわれてしまったらしい。

「リヴィー、息子で遊ぶのはよしなさい」

呆れたように公爵が言う。次いでライアンがやられたという表情で頭を抱えた。

少女のような妻と、寛容な夫。それに生真面目な長男。それから今この場にはいないが、ちょっぴり融通の利かない次男。

きっとこの家族はいつもこんな感じなのだろう。

そんな想像が容易くて、思わず笑みがこぼれる。

「とまあ、硬い話はこの辺にして」

空気が和やかなものへ変わったのをきっかけにして、公爵の表情が朗らかなものへと戻る。

「ところで、王宮の離れの建設に携わっていたというのは本当ですかな」

「ご存じでしたか」

公爵に仕事のことを問われて父が嬉しそうに顔を綻ばせる。

父は建築士だ。身内の欲目もあるが、その腕は一級品だと思う。

事実、その腕が認められて数々の仕事を請け負い、公共建築物や王宮建造物にも携わるようになったのだ。その功績を認められての叙爵だった。

「ええもちろん！　新しい建築様式を取り入れてらしたでしょう？　ずっとお話を伺いたかったの！」

父の喜びを上回るような笑顔で夫人が身を乗り出す。

「奥様も建築に関わっておられるのですって？　すごいわ、尊敬しちゃう」

「いえあの、私は主人を手伝ううちに基礎を覚えただけで」

かけ離れた身分の夫人に目をキラキラ輝かせながら言われて、母がタジタジとなっている。実際は基礎どころではなく、力仕事以外は父とほぼ同等の仕事をこなせるすごい人なのだけど、夫人のオーラに圧し負けているようだ。

「まあ、ご謙遜なさらないで。設計だけでなく実際現場で監督指示なさっていると聞き及んでますわ」

ニコニコと世間話のように言うが、ちょっと噂で聞いた程度というには無理がある。おそらく公爵家お抱えの調査機関のようなものがあるのだろう。大事な息子の婚約者となるのだ、私だけでなく、家族のことまでしっかり調べられているはずだ。

ある程度覚悟はしていたが、改めて身の引き締まる思いがしてこっそり息を呑む。それは私だけではなかったようで、ただでさえ背筋がピンと伸びていた両親が、さらに背中に力を込めるのを感じた。

「それで、その離れを見て妻がすっかり気に入ってしまってね」

その緊迫感を緩めるように、公爵が穏やかに笑う。

「この屋敷の改築を一部、あなた方にお願いできないかと」

「そうなの。ごめんなさいね、こんな両家の顔合わせで言うようなことじゃないとは分かっているのだけど」

少しでも早くあなたたちのスケジュールを押さえたくて、と夫人が申し訳なさそうに言う。

「いえ、それは構わないのですが……」

「本当に私共でよろしいのでしょうか……?」

戸惑ったように互いの顔を見ながら両親が問う。

「もしうちの娘とご子息とのご縁でおっしゃってくださっているのだとしたら……」

「わたくし、義理で仕事は任せませんの」

品のある笑みを浮かべながら、けれどきっぱりとした口調で夫人が言う。その表情にはなんとも言えない迫力があった。

「アークライト様の技術力をしっかりと理解した上での依頼です」

先ほどまでの親しみを感じさせる雰囲気はどこへやら、威厳を感じさせるその物言いに、両親の表情が引き締まった。

「王宮の離れだけではないわ。あなた方の関わった建築をすべて見させていただいたの」

そう言って、両親が請け負った建造物についてそれぞれどこが気に入ったのかを具体的に挙げていく。それは本当にしっかり見ていないと気づけないような細かいところばかりで、夫人自身の建築への造詣の深さもうかがい知れた。

それが嬉しかったのか、父も母も「それはこういうところが大変で」「あれは隣国の教会の建築様式に影響を受けて」なんて嬉々として語り出す。

それに興味を示した公爵が話に加わって、もはや婚約云々はそっちのけですっかり大人たちで大盛り上がりだ。

私たち居る必要あるかしら、と正面に座るライアンに目配せを送れば、同じような視線がライアンからも返ってくる。

一応今日の集まりの中心のはずなのに、よく考えてみれば私もライアンも最初の挨拶以外ほとんど喋っていない。

二人で小さく苦笑を交わしつつも、公爵夫妻の話術に感心してしまう。

彼らはおそらく、考えなしに話を脱線させているわけではない。その証拠に、屋敷を訪問した時とは打って変わって、両親はすっかりいつもの調子を取り戻していた。それはやはり公爵夫妻のありがたい配慮があってのことだろう。

緊張と警戒を解かせる手腕はもはや、話術を通り越して人心掌握術とすらいえるかもしれなかった。

「あらごめんなさい、つい夢中になってしまって」

そのやり取りに気付いたのか、夫人が気恥ずかしそうにこちらを向いた。

「あ、いえ。父と母の緊張も解いていただけて、さすがと感心していたところです」

思ったことを正直に言えば、夫人の目が微（かす）かに面白そうに細められた。

「そろそろフローレスとの婚約について話をさせていただいても？」

やや脱力した様子でライアンが切り出す。

私の両親への挨拶ということで、彼も彼なりに緊張していたはずだ。そのペースを完全に乱されてしまったのだろう。

「構わないとも。おまえがフローレス嬢に骨抜きにされたという話だったか？」

「父上……」

そんな彼を揶揄（からか）うように公爵が笑う。

ライアンは目元をわずかに赤く染めて、嫌そうに顔をしかめた。

女性なら誰もが憧れを抱く若き騎士ライアンも、社交界のトップに君臨するご両親にかかれば形無しだ。

「それでは、息子のお望み通り本題に入ろうか」

してやったりの顔のまま公爵が姿勢を正す。

どうやらようやく結婚の話に舵（かじ）が切られるらしい。

「まず、式の日取りの前に婚約披露のパーティーをいつにするかだが」

「その前によろしいでしょうか」

前置きが長かったわりに、あまりにすんなり進みそうになって思わず口を挟んでしまう。

応接室に迎えられた時の雰囲気からなんとなく分かっていたが、覚悟していたような拒絶や諫言（かんげん）の類はまったくないらしい。ライアンが余程上手（うま）く根回しをしてくれたのだろう。

今日の日程調整前にライアンも自信満々に「大丈夫だ」と言っていたけれど、しつこく説得してくる息子の手前一応は納得したフリをして、直接相手、つまり私に文句を言おうとしているという可能性も実は考えていたのだ。

「なんだね、フローレスさん」

「あの、ライアン……ご子息がクリフォードの籍から外れること、本当によろしいのでしょうか」

「さっきも言ったでしょう。私たちはもう納得しているの」

おずおずと尋ねる私に、優しい微笑みで夫人が言う。

「もちろんたくさん話し合ったわ。だけど、結局は息子が幸せならそれで構わないという結論になったの」

「自慢になってしまうがこの子は物心ついた時から聞き分けの良いできた子でね。手を焼くことなんて一度もなかった」

「いつもニコニコして穏やかで、ワガママなんて一度も言わなかったの」

「父上、母上、もうその辺で」

怒濤の息子自慢に、居た堪れなくなったのかライアンが片手で顔を覆いながら割って入る。

「だから、本当に欲しいものが分からなかったのよ。ううん、欲しいものなんてなかったんじゃないかしら」

夫人の言葉にライアンの動きが止まる。

きっと、夫人の言葉は正しいのだろう。

「そんな子が初めて何かを望んだ。それが君だ」

「親なら一度くらい、子供のワガママに応えてあげたいじゃない」

パチンと綺麗なウィンクを決めて、夫人が照れくさそうに顔を背けるライアンに笑いかける。

それから私に視線を戻して、にやりと笑った。

「もし反対されたら、尻尾を巻いて逃げるつもりだったのかしら？」

意地の悪い言い方だ。それさえも魅力的なのだから、伝統ある高位貴族というものはやはり別世界の人間なのね。そう思いかけてすぐに撤回した。ダメな方の伝統貴族を知っていたからだ。

これはこの人だけが生まれ持った、あるいは自身で磨き上げた魅力と気品だ。

「いいえ。絶対に幸せにしてみますと啖呵を切る覚悟で参りました」

だから私も目を逸らさずに笑う。彼女に敵わなくとも、せめて私なりに精一杯魅力的に見えるよう、背筋を伸ばして。

「ほほ、そうこなくてはね」

愉快そうに目を細めて、夫人が軽やかに笑う。

「息子を信じてはいたのだけど。少し不安があったのも本当よ。触れたら折れてしまいそうな儚い子だったらどうしよう、とかね」

「そんな子だったらライアンは君の前に連れてこないだろう」

公爵が苦笑しながら言う。確かにそんな繊細な女性だったら、夫人を前にして震えあがっていたかもしれない。

「あら失礼ねセディ。そういう子だったらちゃんと黙って見ていようと思っていたわ」

心外そうに言って、夫人がむくれてみせる。

「実際にお会いして、私で問題ありませんでしたか？」

ダメだと言われたところで一歩も退く気はないけれど。

そんな気迫を込めて言えば、夫人はその意図を正確に読み取ってくれたらしい。

「ええ。期待以上よ」

彼女はワクワクを隠しもせずに、大きく頷いた。

隣に座る公爵の顔をチラリと窺うが、似たような表情をしている。

もし公爵夫妻が貞淑な妻を求めるのであれば、ライアンとの結婚のためにそう演じるのもやぶさかではない。そう思っていたけれど、ありがたいことにそのままの私を気に入ってくれたらしい。

どうやらなんの裏も含みもなく、私たちの結婚は歓迎されているようだ。

さすがライアンのご家族。懐が深い上に少し好みが変わっている。

そんな失礼なことを思いながらホッと胸を撫で下ろす。

これでようやく安心して結婚の話を進めることができそうだ。

「ところで例の婚約破棄の時なのだけど」

「えっ」

「すまないフローレス、母はその話が大好きなんだ……」

そう思ったのも束の間、再び脱線の気配を感じて絶句する私に、ライアンが諦めたように力なく言う。公爵ももはや止める気はなさそうだ。

もしかしたら話術がどうとかは深読みのしすぎで、ただただおしゃべり大好きな方なのかもしれない。

私自身も脱線の機会を作ってしまったことだし、今日はもうそういう日なのかもしれない。

いいでしょう、それならとことん付き合わせていただきましょう。

結婚話をまとめるのは諦めようと決意して、リカルドとの婚約破棄のことや、カフェ経営での苦労など、聞かれるままに面白おかしく答えていく。

夫婦ともに聞き上手なだけでなく話し上手でもあり、予定していた時間を大幅に超えてその後もいろんな話題で大いに盛り上がった。

結局のところ結婚の話は最後のわずかな時間ですんなり決まり、両家の初顔合わせは和やかに終わることとなった。

「そんなわけで、婚約披露パーティーはクリフォード家のお屋敷でやることになったわ」

「大丈夫なの？　結婚式自体も公爵家の伝統に則（のっと）って大聖堂でやるんでしょう？」

　私の報告を聞いて、カウンター席に座るグレタが心配そうな顔になる。

　その隣にはマックスが我関せずという顔で私の淹（い）れたコーヒーを飲んでいた。

「貴族籍を抜けるための結婚なのに、結局貴族の伝統に縛られちゃってるじゃない」

「そりゃ私自身は結婚式なんて小さな教会でいいし、披露宴だって近くのレストランかこの店で小ぢんまりできればいいと思ってるけど」

　私の夢はあくまでも王都に自分の店を持つことだ。だから女性なら誰もが憧れる結婚というものにはあまり興味がない。それさえもリカルドとのいざこざがあったせいで、完全に潰（つい）えた道だと思っていたのだけど。

「ほら、やっぱりそうなんじゃない」

「でもそれは相手が完全な庶民だった場合よ。公爵家を継がなくたって、ライアンがクリフォード家の長男であることには変わりないもの」

そう、貴族と結婚するというのはそういうことだ。

いくら本人がいいと言っても、しがらみや伝統はそう簡単には切り捨てられない。

ライアンは私の望む通りの結婚式にしようと言ってくれてはいたけど、そうはならないだろうなという予感はあった。実際私が庶民風の結婚式にしたいとワガママを言えばライアンは無理をしてでも叶えてくれただろう。

絶縁覚悟であればそれもありなのだろうけど、私はライアンに家族との縁を切らせたいわけではないのだ。

「やっぱそうなっちゃうわよね……」

「こればっかりはしょうがないわ」

ため息交じりのグレタに苦笑で返す。

貴族は伝統を何よりも重んじるものだ。なんの軋轢も生まず私のワガママやライアンの主張が通るほど甘い世界ではないと、生粋の貴族であるグレタが一番よく分かっているのだろう。

「そんなところで、ちゃんとできるのか？」

それまで黙って聞いていたマックスが、カップを置いて頬杖をつきながら聞いてくる。

「貴族仕様の結婚式ってやつ？　まったく自慢じゃないけどバッチリよ」

彼の疑問にしかめ面で答える。

マックスの隣で、グレタも似たような顔をしていた。

「ああ、例の」

私たちの表情を見て察したのか、マックスが納得したように頷く。

「そう、元婚約者様との蜜月でね」

あえて気色の悪い表現で肯定する。

私がかわし続けたためリカルドとは手を繋いだこともなかったけれど、ヤツに付き纏われた日々は、ある意味でとても濃密といえた。

「スターリング公爵夫人は見栄の権化だったものね」

「それはもうものすごいスパルタ教育だったわ」

リカルドとの婚約生活を思い出して思わず身震いしてしまう。

ライアンとは正反対にワガママ放題のリカルドを、甘やかし続けてきたスターリング公爵夫妻は、リカルド史上最大のワガママである庶民との婚約を不承不承認めざるを得なかった。息子に嫌われたくないあまり、諫めることをしてこなかったツケが回ってきたのだ。

庶民の娘との結婚なんてなんの得にもならないこと、受け入れるのは相当なストレスだったはずだ。そのストレスの矛先は、もちろんストレートに私だった。

彼らは花嫁修業と称してスターリング邸に住み込むことを私に強要し、リカルドに恥をかかせぬようにと朝から晩まで貴族の振る舞いを覚えるよう言いつけた。

そうしてスターリング家の雇ったものすごく厳しい家庭教師に、文字通りマナーを身体に叩き込まれたのだ。あの人選はスターリング公爵夫人が私を苛め抜くためのものだったと確信している。

ただでさえ理不尽な婚約に精神を削られていたのに、その上さらに睡眠時間を削られ、体力を削られ、頭をフル回転し、毎日フラフラだった。だけどくじけたら家族全員路頭に迷うかもしれない恐怖と、生来の負けず嫌いと、彼らを出し抜いた時の爽快感を想像しながらなんとか乗り切った。

おかげさまで正しい姿勢や言葉遣いは短期間でメキメキと身につき、貴族相手の商売をする上では非常に役立っている。災い転じてなんとやらだ。

ライアンの両親を前にしても怖気づかずに済んだのは、その経験があってこそだろう。だからといってリカルドたちに感謝する気持ちは、これっぽっちも湧かないが。

「リカルドのおかげって思うのはかなり癪だわ」

「けど、それ以外で貴族様式を身につける算段があったのか？」

「もちろん。ちゃんと考えてたわ」

「私が教えるつもりだったのよね」

グレタの言う通り、開店資金の目途がついたら彼女から教わる約束だった。伯爵令嬢であり王宮で働くグレタなら、礼儀作法も貴族の生活も熟知している。

だからリカルドとのことがなかったとしても、いずれ夢を叶えていただろう。ただその場合は叶うのが十年先になっていたというだけのこと。

「そういやグレタって貴族だったな」

「なんで忘れるのよ。常時気品があふれ出てるじゃない」

ハッとした顔でとぼけたことを言うマックスに、グレタがムスッとしながら冗談を返す。

「おまえも親父さんも気さくすぎて仲間内と喋ってるのと変わんねぇんだよ」

「……マックスあなた、グレタのお父さんに会ったことがあるの？」

じゃれ合うような軽口の中に聞き捨てならない言葉を聞いて、問う声が思わず低くなる。

「あら、言ってなかったっけ？　父があちこちから仕入れてくる珍しいコーヒーの美味しい飲み方をマックスに聞いたのがきっかけでね」

私の驚きをよそに、グレタがなんてことない顔で代わりに質問に答えてくれた。

確かに彼女のお父さんもコーヒー好きだ。だけどミーハーだから知識はなくて美味しく淹れられないのよね、と以前グレタから愚痴交じりに聞いたことがある。執事さんは紅茶派でコーヒーには疎く、市販品程度なら淹れることはできても少し特殊なものとなるとてんでダメなのだそうだ。

「わざわざうちまで来て、すんっごく美味しく淹れてくれたのよ」

「おかげで今じゃ出張バリスタ扱いだ」

「そ、そうだったの……」

ボヤくように言っているが、コーヒー馬鹿のマックスのことだ。その珍しいコーヒーとやらを自分でも飲んでみたかったのだろう。グレタの家まで行ったことに深い意味はないはずだ。その証拠にグレタもマックスも世間話のように話していて、なんの恥じらいもない。

やっぱり私が深読みしすぎなんだろうか。

それにしては最近この二人、友情を超えた何かがあるように見えて仕方ないんだけど。

「フローレス？」

「えっ？　あ、ごめんちょっと考え事してたわ」

心配そうに名前を呼ばれて、慌ててグレタに返事をする。

「難しい顔してるから、やっぱり貴族式の結婚を後悔してるんじゃないかと思っちゃったじゃない」

「あはは、ないない。むしろ思い切り楽しんでやるわって闘志が湧いてるくらいよ」

「闘志はやめとけ」

本心から言えば、マックスが呆れた顔で常識的なことを言った。

「ならいいけど……これから苦労も増えるだろうから、困ったことがあったらなんでも頼っていいからね」

「今まで以上に？」

嬉しい気持ちを隠さず笑いながら言うと、グレタがどんと自分の胸を叩いて「当たり前よ！」と言ってくれた。本当に頼りになる親友だ。

「でもグレタもお仕事忙しいでしょう？　あんまり無理しないでね」

「私は全部好きでやってるから」

「あら、私だって」

まるで私が我慢しているみたいなグレタの言葉を否定する。

もちろん結婚が具体的じゃなかった時は式も披露宴も身内だけの地味なものと思っていたけど、伝統的な教会で厳かな式を挙げて、公爵家のお屋敷で披露宴をする人生だって悪くない。悪くないどころか、それはほとんどの女性の憧れで、私だってそういうものを素敵と思える心を持っているのだ。

そりゃ準備はものすごく大変だろうけど、一度覚悟を決めてしまえばあとはもう前向きな気持ちしかない。

「でも、いざという時はお願いね」

「任せてちょうだい！」

「じゃあグレタが困ったら俺に頼るといい」

二人で盛り上がっているのが面白くなかったのか、マックスが珍しくそんなことを言う。

「あらいいの？　コーヒーより優先してくれる？」

「時と場合による」

「ちょっと！」

グレタとマックスが笑い合う。それをついじっと観察してしまう。

このところマックスの表情はかなり豊かになったと思う。原因は明らかにグレタの存在だ。間違

いない。やっぱりこれは友情以上のなにかだ。

二人は今どんな感じなのだろう。もし事態が動いたらグレタが真っ先に報告してくると思うから、まだ付き合っていないのは確実だ。だけど二人の間に漂う親密な空気は、ただの友人同士とも思えない。

「そういえばフローレス」

「なぁに？」

頭の中でモヤモヤ考えているのはおくびにも出さず、笑顔で答える。

「店の方は大丈夫なの？　最近また忙しくなってるんでしょう？」

彼女の懸念はもっともだ。

これから式・披露宴だけでなく、婚約お披露目のパーティーの準備で忙しくなる。日常生活はもちろん、店も今まで通りとはいかなくなるだろう。

グレタはそれを見越して、経営状態を心配してくれているのだ。

「もちろん手は打ってあるわ。一番忙しかった頃に来てくれてたバイト二人にまたお願いすることにしたの」

「そう、それならよかった！　私はあんまり会ったことないけど、すごく優秀な子たちなんだっけ？」

「そうそう。ただちょっと言葉遣いとかが心配かな。今まで下町のお店でしか働いたことないって言ってたし、うちで働いてくれてた時もそれで困らない時だったから」

「今は見事に貴族のお客様ばっかだもんね」

先日の一件で王室御用達の看板を掲げられるようになってから、ミーハーなお客様は激減した。王女様の噂だけが一人歩きしていた時とは違って、本当に王族に認められた店だという保証があると逆に気後れしてしまうらしい。

それに反比例するように、上流階級のお客様が増えた。

その影響で回転率はガクンと下がったが、客単価はメニュー改編の狙い通りに上がり、また定着率も上がり続けている。

落ち着いた雰囲気が評判を呼んで、今ではありがたいことに貴族のお客様で連日席が埋まっている状態だ。

「レイチェルもタイラーも、今のままじゃ貴族のお客様はまだ任せられないわね」

王女様見たさで庶民客でごった返していた頃は、私は厨房にこもりバイト二人にフロアを任せていたが、今は逆にせざるを得ないだろう。

なにせ選民意識の高い貴族のお客様と、下町育ちのあの二人の相性はたぶんあまりよろしくない。

私自身は二人のことをとても気に入っているけれど、なんというか少し癖が強いのだ。そして貴族嫌いでもある。貴族相手に委縮してくれるような可愛げがあればまだいい。けれどレイチェルは向こうっ気が強くて、少しでも侮辱されたと感じたら文句を言おうとするし、タイラーは貴族令嬢たちを見て「お高く止まってる」なんてひねくれたことを言う。

普段の営業では私が接客していれば厨房できびきび働いてくれるし、お会計だってなんの不安もなく任せられるけれど、貴族相手の商売をする以上、このままではいけないという危機感もあった。

店の方向性もハッキリと定まった今、従業員改革を大々的に行うべき時期に来ているのかもしれない。

今回の結婚準備は、そのためのいいきっかけといえた。

「これは教育が必要ね」

決意を込めて呟(つぶや)く。

やるべきことは山積みだ。

けれどライアンとの結婚のためにやりきってみせようじゃないの。

「燃えてるな」

「それでこそフローレス」

マックスとグレタが他人事(ひとごと)のように言う。

だけど私は、早速二人に頼る気満々だった。

「と、いうわけで。今日から本格的に従業員教育をしていこうと思うの」

定休日をバイト復帰の初日に定め、お客様のいない店内でバイト二人に事情を説明する。考えてみれば、前回雇った時は相当に切羽詰まっていて、働きながら覚えてもらう感じだった。だからこんな風に改まって話をするのは初めてかもしれない。

「へぇ～結婚ですか！　おめでとうございます店長！」

レイチェルが白い頬をバラ色に染めて、まるで自分のことのように喜んでくれる。

彼女は良くも悪くも感情が思い切り顔に出てしまうので、態度の良くないお客様が来た時なんかはハラハラしたものだ。

波打つ金髪をサイドでまとめた根元には、大きくて派手な飾りがついている。吊り気味の猫のような目には似合っているが、貴族向けの高級店に方向転換しているこの店では、残念なことに少し浮いてしまっていた。

「店長すげぇ！　玉の輿じゃないすか」

感心したように言って、タイラーがヒュウと品のない口笛を吹く。

言われた仕事はきちんとこなしてくれるが言動は、良くいえば親しみやすく、悪くいえば軽薄だ。可愛い女性客がいたらすぐに声を掛けるのも困りものだった。もとはありふれた赤毛だというその髪は、今は灰色に染まっている。安い染髪料を使ったのだろう、髪は傷んでパサついていて、せっかくの整った容姿が台無しになっている。

「それでね、準備が大変だからこれから私が店を空けることが増えちゃうのよ」

「だーいじょうぶっすよ、オレら二人でなんとかなりますって」

「それがなんとかならないの」

安請け合いするタイラーに、厳しい口調で言う。

タイラーとレイチェルは顔を見合わせ、ぱちくりと瞬いた。

こういうとこ、結構似てるなと思う。

二人は前回のバイト初日から気が合っていたようだし、二人で店を回す分には確かに問題なさそうなのだけど。

「え、でもあたしら、全然仕事忘れてませんよ？」

「な。めっちゃ速く動けるし」

自信過剰というわけでもなく、そうなのだろうとは思う。彼女たちは仕事を覚えるのがとても速かった。その上咄嗟の判断も的確で、全体的にとても能力が高いのだ。

だけど今回は事情が違う。

「それが、前に手伝ってもらった時とは店のコンセプトが変わったの。ううん、本当は変わってないんだけど」

変わったというよりは戻ったという方が正しいか。

私がライアンとのことで迷走して、経営方針をブレさせてしまったのが原因だ。

大衆向けの食堂みたいな営業をしている時に働いてくれた二人には、まずは現状をしっかり伝えて理解してもらわなければならない。

「……そういやちょっと前にここ通った時、中覗いたらお貴族様しかいなかったかも」

王室御用達の看板をいただいた旨を伝え、客層が変わったことを説明すると、顔をしかめながらタイラーが嫌そうに言った。

それを聞いて、レイチェルもくしゃりと顔を歪めた。

下町で生まれ育った二人は、貴族というものにあまり良い印象がない。馬鹿にされたり侮辱されたりを経験して、庶民を見下しがちな貴族が嫌いという人間は少なくないのだ。

だけどそうじゃない貴族も多いのだということを知ってほしい。少なくともうちに来てくれるお客様は、理性的で礼儀正しい方ばかりだ。

「そうなの。だから今すぐにとは言わないけど、少しずつ言葉遣いや貴族のお客様に失礼のない態度を身につけていこう。それでコーヒーや紅茶の種類もしっかり覚えて、それぞれに合った淹れ方を学んでほしいの」

「うえぇ……」

「ええー、自信ないんすけど」

「お給料アップ」

あからさまにテンションを下げた二人が、私の言葉を聞いてピリッと表情を引き締めた。

実のところ、前回雇った時の給料ですでに相場より高めだった。あの時は急を要していたし、それだけのお金を払ってもいいと思えるくらい二人がしっかりしていると感じたのだ。その経験があったから今回また声を掛けた時、他のバイトをやめてでもすぐにうちに来てくれたのだろう。それをさらに上げると言ったのだ。

「ど、どれくらいですか」

素直な反応に、心の中でガッツポーズをする。

「どれくらいなら頑張ってくれる？」

レイチェルの質問に質問で返すと、予想外だったのか前のめりだった二人が口ごもった。

そうして互いに目配せして、肘で小突きながら「おまえが言え」「いやあんたが」と小声で言い合った末、タイラーが一歩前に出た。

「に、二割増し、とか」

「ばかっ、調子乗りすぎ！」

タイラーの言葉を、レイチェルが後ろから諫める。

雇い主の機嫌を損ねて「やっぱなし」と言われるのを恐れているのだろう。

だけどそんな心の狭い経営者だと思わないでほしい。

ただでさえ有能な二人が、対貴族客仕様になってくれるというのなら当然の出費だ。

というかそもそも、飲食業界のバイトに対する扱いが悪すぎるのだ。能力のある者にはそれに見合った額を支払うべきであると昔から思っていた。

「三割増し」

「露出増やします」

「犬と呼んでください」

提示した瞬間、真顔でいらぬ条件付きの即答をする二人に思わず声を上げて笑ってしまう。

「その心意気はありがたいけど、そういう店じゃないの」

二人の提案を却下して、頑張ってほしい項目を挙げていく。

「えっ、てかマジですか!?　ほんとにそんなに上げてくれるんですか？」

「オレ覚えるの得意なんでこいつより絶対早く全部覚えます！」

彼らはいそいそとメモを取りながら、矢継ぎ早に質問やらアピールやらをしてくる。

俄然（がぜん）やる気の二人を落ち着かせながら、念を押すことにした。

「言葉遣いは？」

「丁寧に！」

「接客態度は？」

「臣下のように！」

事前に打ち合わせでもしていたかのように交互に的確な答えが返ってくる。

「飲み物の提供は？」

「完璧に！」

「店長の言うことは？」

「絶対です！」

「よろしい。それでは早速言葉遣いの基本から」

示し合わせたように見事に応えてくれるのが楽しくなってきて、ずっと続けたくなるのをなんとか堪（こら）えて指導に入る。

二人は真剣な顔つきで一日中私の話を聞いてくれたが、礼儀作法というものはもちろん一朝一夕で身につくものではない。

先は長そうだが、よりよい店作りをスタートできそうな予感に胸は躍っていた。

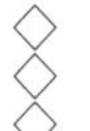

三度目の顔合わせで結婚式の日取りが半年後に決まり、一緒に作りに行った婚約指輪も完成して、無事私の左手の薬指に迎えることができた。
もちろん営業中は外しているけれど、着けなおすたびに磨いているのでピカピカだ。
婚約披露パーティーの準備も店の営業も順調で、忙しくも楽しい日々だ。
アルバイト二人は今も基本は厨房で調理を担当しているが、穏やかで優しいお客様の時にだけ少し接客を任せて、少しずつ慣れてもらっている。

身だしなみに関しての口出しも、素直に聞いてくれた。

レイチェルは派手なアクセサリーを控えて、制服の第一ボタンまできっちり留めている。ゴージャスな金髪をくるりとまとめ、清楚(せいそ)なメイクを施せば、まるで貴族の令嬢みたいだ。

タイラーは髪を染めるのをやめて、私が選んだヘアオイルを使っているおかげで艶を取り戻しつつある。着崩しがちな制服をしっかりと着こなし猫背を伸ばせば、なかなかの美青年が誕生した。

貴族に対する警戒心や嫌悪感は消えていないようだが、給料三割増の威力は凄(すさ)まじいようで、彼らは意欲的に新たな仕事をこなしてくれている。

「二人ともお疲れ様。今日はもう予約もないし、早めに上がっていいわ」

閉店時間の三十分前に客足が途絶えたので、レイチェルとタイラーに声を掛ける。

「えっ、ではお言葉に甘えて！」

「ありがとうございます。でも本当にいいんですか？」

面白いことに、営業中の言葉遣いに気を使うようになってから、普段の言葉遣いまで綺麗になってきていた。

素直で吸収の速い子たちだなと、改めて感心してしまう。

遠慮しつつも帰ることを決めたタイミングで、ドアのベルが鳴る。

すっかり帰る気になっていた二人が、肩を落とした。

「……いらっしゃいませー」

すんでのところで不満な顔を隠したレイチェルが、いつもよりやや元気のない声で挨拶をする。

タイラーはため息を堪えながら厨房に戻っていった。

苦笑しながら私も入り口に視線をやると、そこにはライアンが申し訳なさそうな顔で立っていた。

「すまない、もしかして閉めるところだったかな」

「ひえっ、イケメンきた！」

小声で悲鳴をあげるレイチェルが、いそいそと髪の乱れをチェックしている。

そういえば前回彼女を雇っていた時は店の大繁盛に遠慮してライアンの足が遠のいていた時だ。

これが彼女とライアンの初対面だったかもしれない。

「いらっしゃいませっ、まだまだ営業時間内ですのでお席へどうぞ！」

さっきとは打って変わった高めの声でいつもより緊張した様子のレイチェルに、ライアンがさらに申し訳なさそうな顔をする。

「ああいや、客というわけでもないんだ」

「へ？」

歯切れ悪く言うライアンに、レイチェルが首を傾げる。

いつもなら休憩に立ち寄る日だったけど、確か今日は幹部会議のようなものが緊急で開催されるから、多分来られないと言っていたはずだ。

「どうしたの？　今日は会議があるって言ってなかった？」

不思議に思って問うと、ライアンが眉根を寄せながら眉尻を下げるという器用な表情になった。

「それがちょっと話したいことがあって……」

「え！　店長のお知り合いですか？……あっ！　てゆーかもしかしてこの人が例の婚約者!?」

レイチェルが目を白黒させながら私とライアンを交互に見る。

「店長の婚約者だって!?」

そのレイチェルの声につられるように、タイラーが厨房のカウンターから興味津々に身を乗り出した。

「ああ、ええとそう、フローレスの婚約者のライアン・クリフォードだ。よろしく」

レイチェルとタイラーの言葉にライアンが嬉しそうに微笑み、「フローレスの婚約者」の部分をやや強調しながら答える。

こういうとこ、本当に可愛いんだけど。

「はい、本日の営業は終了。レイチェル、タイラー、また明日」

収拾がつかなくなりそうな予感でいっぱいだったので、アルバイト二人には強制的にお帰りいただくことにした。

二人が帰った後、椅子を勧めて紅茶を淹れようとしたが、ライアンは「すぐに戻らなくてはならないから」と残念そうに断った。

立ち話なんて珍しいが、よほど急いでいるのだろう。なんとなく落ち着かなかったが、ライアンの硬い声音にそれ以上のことは言えなかった。

「実は、ブラックウッドで魔獣が大発生しているらしいんだ」

端的に告げられた言葉に息を呑む。

ブラックウッドとは、我が国と他二国の国境に位置する大森林の名前だ。

魔獣が多種存在するその広大な森林には、国を行き来するための街道が敷設されていて、国交を友好に保つための要となっている。そのため三国で取り決めた条約をもとに、各国の騎士団や軍の兵士が警備にあたり、常に安全が保たれていた。

「ここのところ魔獣の目撃情報が増えていて、各国から大々的に調査団が派遣されていてね。調査の結果、魔獣の生息地が急速に拡大しているという報告を受けた」

レイチェルたちを帰したあとの店内はシンとしていて、ライアンのよく通る低い声が事態の深刻さをリアルに伝えてくる。

「それで、辺境領の騎士団だけでは数が足りなくて、王国騎士団も半分がブラックウッドに遠征することが決まった」

「……その半分に、ライアンも入っているのね」

伝えたいことを理解して、言いづらそうにしているライアンの言葉を私が続ける。

彼は神妙な顔で頷いて、私の手をそっと握った。

「進軍開始は一週間後。おそらく三ヶ月は戻ってこられないだろう。だから」

「婚約発表は一旦中止ね？」

残念な気持ちを胸の奥に押し込めて、明るい声で揶揄うように言う。

ここで駄々をこねるような図太さはさすがになかった。

「本当にすまない……」

「そんなのライアンのせいじゃないわ。国民の安全のためには仕方のないことよ。そんなことより、あなたが危険な目に遭うのが心配」

ライアンの手を両手で握り返して、じっとその目を見つめる。

「身体には十分気を付けて、絶対無事に帰ってきてね」

心からの気持ちでそう言うと、ライアンが眩しそうに目を細めて私の手を引き寄せた。

「もう二度と油断はしないと誓うよ」

真剣な表情で言って、私の手の甲に口づける。

「必ずフローレスのもとへ帰ってくる」

それから私を安心させるように強く抱きしめて、不安な気持ちを宥めるような優しいキスをくれたのだった。

少しでも早く私に伝えなくてはと、ライアンは短い休憩時間に王宮を抜け出して会いに来てくれたらしい。今日これからまだまだ話し合うことや準備することが山積みなようで、慌ただしく戻っていってしまった。

「遠征、か……」

店内の締め作業や掃除をしながら、思わずため息が漏れて手を止めてしまう。

去り際のライアンの申し訳なさそうな顔を思い出す。

国防は騎士にとってとても重要な仕事のひとつだ。一個人の婚約披露パーティーなんてイベントと比べるべくもない。優先させるべきことが何かなんて、考えなくたって分かっている。だから私のこの胸のモヤモヤは、パーティーや結婚が先延ばしになったことへのものなんかではなかった。

どうしても付き合う前に起きた、サノワ地方での内紛鎮圧の時のことが頭をチラついてしまうのだ。

ブラックウッドの魔獣氾濫というのは、初めてのことではない。今までにも数十年単位で不定期に発生していると、学生時代に習った。

その経験のおかげで街道を外れた森の奥も各国の騎士たちが巡回していて、だから近隣の街に被害が及ぶ前に今回は発見することができたのだろう。

実際、私が生まれる前に発生した前回の氾濫も、早期発見のおかげで被害は最小限で食い止められたらしい。

ライアンが遠征組に入っているということは、おそらく精鋭メンバーなのだろう。恋人の欲目もあるが、ライアンは戦力、知略に長(た)けていてとても有能だ。前回無事鎮圧できたからといって、戦力をケチって周辺領に被害を出すわけにはいかないから、最初から全力でいくはずだ。そんな人たちと一緒なら、ライアンの誓ってくれた通り必ず私のもとへ帰ってこられるだろう。

だけどサノワの時もきっとそうだった。国家の威信を見せつけ、二度とこのようなことが起こらないようにと、騒動の規模に対して大袈裟(おおげさ)過ぎるくらいの戦力で行ったのだ。その結果、予想外のことが起きて部下の命を失いかけ、ライアンの帰還は大幅に遅れた。

ライアンは私がその時のことを思い出して不安になっているのを察してくれた様子だった。だから油断しないと誓ってくれたライアンを信じたい。

「せめてライアンの状況を逐一知らせに来てくれる伝令兵みたいな人がいればなあ」

我ながら無茶なことをぼやいてから、掃除を再開させる。

分からないから不安になるのだ。状況を知ることができればもっと落ち着いて待っていられるのに。

騎士団の中にはそういった役割の人がいて、王宮には定期的に報(しら)せが行くかもしれないが、私個人には無理だろう。

分かってはいるけれど、そんな存在を願わずにはいられなかった。

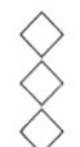

入口のベルが鳴る。

そこにいるのが誰か、すぐに理解して一瞬身体が固まった。

「いらっしゃいませ」

バイト二人がすっかり板についた穏やかな挨拶と笑顔でお客様を迎え入れるのに、ハッと正気に戻り入口まで速足で距離を詰める。

「これは公爵夫人様、ようこそおいでくださいました」

「えっ、公爵？　マジで？」

「てことはもしかして？」

私の他人行儀な口上に、バイト二人が背後でボソボソ囁き合っている。

他にもお客様がいるというのに店員同士が私的な会話をするなんて良くないことだ。あとで注意しておこう。

そうやって店長の仮面を被ることで辛うじて冷静さを保っている私に、夫人は面白そうに目を細めた。

「あらよそよそしいのね、お義母さまと呼んでくれてもよろしいのよ？」

小声でイタズラっぽい微笑みを浮かべながら言う夫人に、営業スマイルで曖昧に会釈を返す。

どうやらお客様として一人で来てくれたらしい。

「そんな、畏れ多いことでございます」

あくまでも慇懃に接する私に、夫人がますます面白そうに美しい唇を吊り上げた。

私とライアンの婚約は、パーティーが延期になったおかげでまだ公になっていない。そんな中でクリフォード公爵夫人と、王室御用達とはいえ一介のカフェ店員が親し気にしているなんて、どんな憶測を呼んでしまうか分からないのだ。

「ま、いいわ。案内してくださる？」

「喜んで。こちらへどうぞ」

彼女は店内のお客様から視線が集まるのをものともせずに、ゆったりとした歩調で私の案内に続いた。

見られることに慣れているのだろう。ざわつく他の貴族の声が聞こえているはずなのに、その堂々たる振る舞いに思わず感心してしまう。

「素敵なお店ね。気に入ったわ」

それから優雅な動きでさりげなく店内の様子を観察して、嬉しい感想を言ってくれる。

「ありがとうございます。ご注文はこちらのメニューからお願いいたします」

「あら美味しそう。あなたが描いたの？」

メニュー表のイラストを見て、夫人が興味深そうに言う。

何気なく褒めてくれるたび、本気で嬉しくなってしまうのは彼女からあふれ出る高貴さゆえだろうか。

彼女はその地位だけでなく、容姿や立ち居振る舞いも完璧で、公爵と結婚する前から社交界の華として有名だったと聞いている。その美しさは子供二人を産んだ後も衰えることなく、今も貴族の女性たちの間で注目の的なんだとか。

両家初顔合わせの時から絶世の美女だと感じていたが、こうして衆目の中にいると一段と美しさが際立って見えた。

「っちょーーー美人ですね!?」

「あの人もしかして店長の婚約者さんのお母様ですか!?」

注文をキッチンにいるレイチェルに伝えに行くと、タイラーまで寄ってきて小声ながらも興奮した様子で話しかけてきた。

「こら、お客様の前よ。はしたないでしょう」

「ええ～、でもぉ」

「あー目が潤う。ここでバイトしてて本当に良かったですオレ」

同じく小声で窘めるも、二人は夫人への好奇心を抑えられないようだ。

「もういいからホール出て二人とも。私が淹れるから」

呆れながら言えば、彼らは素直に厨房から出ていった。

チラチラと夫人を気にしながらも、他のお客様へ丁寧に対応しているのは二人の成長といえる。

「……先におっしゃってくだされば良かったのに」

注文されたコーヒーを出しながら、コソッと夫人に耳打ちする。ライアンの遠征が決まった三日後に再度両家の顔合わせがあったのだ。その時にでも「行く」と言ってくれていれば、もっと予約の調整をしたり、なんだったら定休日に店を開けたりして騒がれるのを防ぐこともできたのに。

「あら、だって普段のあなたを見たかったのだもの」

けれど彼女は涼しい顔で言って、コーヒーの香りを楽しむように目を閉じた。

「うーん、いい香り」

まつげ長っ。

美しくカールしたまつげとそれらが彩る美貌に思わず気を取られてそんなことを思う。

これじゃタイラーたちのことを叱れないわね。

自分に呆れながら正気に戻るために何気なく店内を見回すと、お客様たちも皆一様に夫人にうっとりと見惚(みと)れて動きが止まっていた。ついでに言うならタイラーとレイチェルもだ。このままでは営業が立ち行かなくなってしまう。

夫人の美貌と存在感の強さに、感心するより半ば戦慄を覚えてしまうほどだ。

相変わらずポーっと見惚れているバイト二人に向かって手をヒラヒラ振って注意を引く。それから簡単なハンドサインで業務指示を出すと、ようやく夢から覚めたような顔で二人がテキパキと動き始めた。

「それはどういう意味？」

夫人からは見えないようさりげなくやったつもりだったのに、すぐに気づいてしまったようだ。一瞬のことだったにも拘らず、完璧に私の動きを真似るのを見るに、適当にかわすことはできなさそうだ。

「お客様のテーブル状況の確認と、ナプキンの補充を伝えました」

本当はそこにさらに「給料下げるわよ」と脅しを付け足していたのだけど、それは黙っていることにした。

「へぇ、あなたたち、面白いことをするのねぇ」

感心したように言って、夫人がカップに口をつける。それから優雅な動作で一口コーヒーを飲んだ。

「ああ美味しい。わたくし、こんなに美味しいコーヒーは初めてよ」

「公爵夫人にそう言っていただけるなんて光栄です」

お世辞ではなく本心から言う。

ライアンが言うには、彼女はワインだろうと紅茶だろうと、一口飲んだだけで銘柄を当てられるほど繊細な舌の持ち主らしい。

美貌に教養に確かな味覚。他にも探せばいくらでも出てくるだろう。むしろこの人に備わっていない素養なんてあるのだろうか。

「それで、クリフォード公爵夫人」

「お義母さまでいいってば」

「…………オリヴィア様」

さすがにこんな場所でお義母さまなんて呼べず、最大限の譲歩で名前をお呼びすれば、「それはそれでありね」とオリヴィアが満足げに頷いた。

「今日はどんなご用件でいらっしゃったのでしょう？」

まさかただコーヒーを飲みに来ただけではないですよね？　という確信を込めて問えば、オリヴィアは軽く肩を竦めてみせた。

「そうね、あなたを見に来たというのも本当だけど。実は提案があって」

「提案ですか？」

「そう。うちの息子のせいで色々と延期になっちゃったじゃない？　それで、何かお詫びができないかなと思って」

「いえ、別に彼のせいでは」

「もちろん口実よ？」

慌てて否定する私に、悪びれた様子もなくオリヴィアが小首を傾げて言う。

「……分かりました。要するに私で遊びたいのですね？」

彼女の言わんとするところを察して先回りすれば、可愛らしい貴婦人は満足そうににっこりと笑った。

「うふふ嫌だわ。あなた『で』じゃなくて、あなた『と』遊びたいのよ」

少女のように可憐な笑みで訂正されても、無邪気に「素敵！　一緒に遊びましょう！」とはならない。

きっといろんな思惑があってのことなのだろうなという予想はできたけれど、どうやら私に拒否権はなさそうだった。

「ねえあなた、うちに花嫁修業をしに来ない？」

翌日、場所を公爵邸の敷地内にある花園に改めて話を聞けば、クリフォード公爵邸に住み込む形で貴族の生活様式を学ばないかということらしい。

オリヴィアは私と遊びたいと言いつつも、割と真剣にその提案をしてくれているようだった。

リカルドとの婚約の時も同じような流れだったけれど、あれは強制だったし、いじめるためだったといっても過言ではない。

対してオリヴィアは、あくまでも私の意志を尊重した上で提案してくれている。

油断させておいて、強引に公爵家に嫁入りさせるということでもなさそうだ。

あくまでも結婚後の生活に必要だと感じての打診だ。

「もちろんあなたたちの決めたことを尊重するつもりよ。だけど、あなたも分かっているでしょう？」

オリヴィアが苦笑しながら言う。

もちろん分かっている。庶民同然の一代男爵の娘のもとへ婿入りするからといって、ライアンがまったくの庶民になるわけではない。クリフォード公爵家の血がまるきり違う血に入れ替わるわけでもなし、騎士団をクビになるわけでもない。結局私と結婚したところで、ライアンが尊い家柄の立派な青年であるということに変わりはないのだ。

その上この若さで騎士団長にまで出世して、王族とも縁があり信頼のおける人間が、なんの爵位もなく放っておかれるわけがないのだ。

そして私は、そういう人の妻になる。

「ライアンも言っていました。いずれ今の地位に相応の爵位を与えられることになるだろうと」

「ええそうね。そしてそれはそう遠い未来ではないわ」

オリヴィアの言うことは決して大げさではないだろう。そして国がライアンへの叙爵を決めたのであれば、それを断るすべはない。

「そうなった時、なんの知識もないままでは口さがない貴族たちになんて言われるか」

「私は気にしません……というお話では済まないということですよね」

せっかくライアンが爵位を授かっても、その妻である私が社交界で庶民丸出しの非常識な振る舞いをしてしまったら。きっとここぞとばかりに攻撃の対象となり、ライアンの足まで引っ張ることになるだろう。

「話が早くて助かるわ。私はね、息子の幸せを願っているの」

「ええ、存じております」

「それで、あなたはライアンを幸せにすると約束してくれた」

実際は幸せにすると宣言するまでもなく結婚を認めてもらえたのだけど。もちろんライアンを幸せにするためならなんだってするつもりだ。だから貴族の振る舞いを覚えるために苦労をしろと言われれば、簡単に受け入れることができる。

「もちろんライアンのためだけじゃない。あなたのためにも必要だと思うの」

「私のため？」

「ええ。あの素敵なお店が素敵なまま続いていくために。つまらない連中に攻撃の機会を与えちゃダメよ」

確かに、いずれ踏み入れることになるだろう社交界で、なんの武器も持たない私のままでは店ごと嘲笑の的になってしまう。そしてそれをきっかけに私のすべてを否定してくるだろう。

運もあるとはいえ、王室御用達にまでのし上げたあの店を、所詮庶民のやることだと侮られて馬鹿にされるのは腹が立つ。

「それに今のままで満足かしら？　もっと店を大きくしたいとは思わない？」

「それは……」

まだライアンにも言っていないけれど、オリヴィアの言う通り、いずれ店舗を拡大することを新たな目標にしている。

「その時のためにも味方を増やしておいた方がいい。王都でカフェ経営を拡大したいのなら、貴族に人脈を作ることが大事よ」

それは確かに彼女の言う通りで、今はカトレアの後ろ盾もあって上手くいっているけれど、それだけではいずれ経営は停滞してしまうだろう。以前ならそれでかまわないと思えていたかもしれないけれど、今はもうそれだけじゃ足りない。だって、ライアンという最高の伴侶を見つけてしまったから。彼に見合う自分になるために、常に上を目指したいのだ。

「どう？　うちに来る？」

「はい」

力強く頷くと、こんなに早く了承するとはさすがに思わなかったのか、オリヴィアの目が軽く見開かれた。けれどそれはすぐに楽しそうに細められて、「決まりね」と上機嫌に彼女は言った。

「風当たりは穏やかではないけど大丈夫？」

「スターリング家とのいざこざで随分鍛えられましたので」

挑発するように問われて、笑って返す。

リカルドとの婚約時にも少し経験したが、社交界での腹の探り合いや化かし合いは、案外嫌いじゃなかった。むしろ貴族階級の人間が、どんなことを嫌いどんなことを好むのかを知るチャンスだと思って前向きに楽しめた。

それに、人の顔色を窺うのは得意な方だ。飲食店でアルバイトをしていた時から、お客様の無言のニーズに応えるために、注意深く観察し続けてきたから。

「頼もしいわね」

「お義母さまのご期待に沿えるよう尽力いたします」

にこりと笑って昨日の要望通り義母と呼べば、正面に座る貴婦人は「あははっ」と子供のように無邪気に笑ってくれた。

◇◇◇

その日、営業を終えてからライアンが店に現れた。

いつものカウンター席に座る彼の顔に不安の色はない。

「もう準備はばっちり？」

「ああ。明朝にはここを発つよ」

少し疲れた顔のライアンに、ミルクたっぷりのコーヒーを淹れて隣に座る。砂糖も入れて甘く作ってあるコーヒーを飲んで、ライアンがホッとひとつ息を吐き出した。

「お見送りは無理そう？」

「そうだな。残念だけど」

「無理はしないでね」

「分かってる。フローレスも頑張りすぎないように」

優しく言って、私の髪にそっと触れる。その温もりが嬉しくて、じっくり感じられるように目を閉じた。

「……離れがたいな」

ライアンが惜しむように言って、座ったまま私の肩を抱き寄せる。私も同じように触れたかったが、少し距離が空いているせいで上手くいかない。

「ちょっと失礼するわ」

そう言うなり立ち上がって、図々しくライアンの膝の上にお邪魔する。

硬い膝に座った瞬間、ライアンが緊張するのが分かった。

「相変わらず初心ね」

「……それは男性側のセリフでは？」

くすくす笑いながら言えば、目元を赤く染めたライアンが不服そうに返してくる。

それでも彼の腕は自然に私の身体を支えるように腰に回された。いまだに照れたり緊張したりするくせに、付き合い始めてからの変化は着実に起きているようだ。

「三ヶ月も会えないなんて寂しいわ」

ライアンの背中に両手を回しながら、首筋に額を擦り付ける。

こうやって恥じらいなく素直に甘えられるようになったのは、私側の変化だ。

「少しでも予定を早められるよう頑張るよ」

私の身体をぎゅっと抱きしめながらライアンが嬉しそうに言う。

「無理しちゃダメだってば」

「わがままなお嬢さんだな」

窘めるように言えば、ライアンが呆れたように言って小さく笑った。

早く戻ってきてほしいのは本当だが、無理をしないでほしいのも本当だ。

「じゃあ代わりと言ってはなんだが、これを持っててくれるかい」

そう言ってライアンが長方形の小箱を私に差し出した。

「なぁにコレ」

首を傾げながら受け取ると、「いいから開けてみて」とライアンが目を輝かせながら言う。

あんまり似ていないと思っていたけれど、こういう表情はオリヴィア様に似てるわねなんて思いながら、促されるままに包装紙を破り箱を開けてみる。

中には、小さな石のついたプレートネックレスがちょこんと鎮座していた。

「それはただのネックレスじゃなくて」

アクセサリーのプレゼントはあんまり必要じゃないと前に言ったことがあるからか、ライアンが慌てたように先んじて言う。

「通信用の魔道具なんだ。ほら」

ライアンが自分の胸元からチェーンを引き出して、同じデザインのプレートを見せてくれた。そのチェーンには、少しデザインの違うプレートがいくつかついている。

ライアンの説明によると、プレートについている石は通信に適した魔石で、もともと一つだったものを割って使うのだという。小さなものなら二～三個、大きなものなら十～三十個程度に砕いて使い、元の個体が同じもの同士で通信が可能で、別の個体のカケラだと反応しないようになっているらしい。

「その何枚もついているプレートは？」

「騎士団で遠征時の緊急連絡用に持たされるものだ。小隊同士の連携をとるため、隊長格同士の通信に一つ、そのさらに上司同士で通信するために一つ、という感じで役職が上がるごと数が増えていく」

「へぇ……便利なのね」

受け取ったネックレスを恐る恐る目の高さまで持ち上げて、小さく呟く。

キッチン関連や録音・録画用の魔道具は必要に迫られて詳しく調べたことがあったが、それ以外の魔道具についてはあまり知らない。そもそも魔道具とは一般庶民では手の出しづらい高級品ばかりなのだ。通信用の魔道具があるというのは聞いたことがあったけれど、確かものすごく高価で、庶民どころか貴族さえも躊躇（ちゅうちょ）するような代物だったはずだ。

「あまり長い時間は話せないけどね」

「でも、遠征中でもライアンの声を聞けるなんてすごいわ」

まさかこんなものを用意してくれたなんて。今日から三ヶ月間、ライアンと完全に切り離されるものだと思っていたのだ。予想外のことに驚いたけど、胸にジワジワと嬉しさが広がっていく。

「団員同士の連絡用もついてるからちょっとごちゃっとしてるけど。フローレス用のはこれ」

なんの金属かは分からないが、騎士団用というプレートは銀色で、私用というプレートは金色で分かりやすい。銀色のプレートもそれぞれ少しずつデザインが違っていて、区別がつきやすいようになっているようだった。

「このプレートは、俺とフローレスだけが通信できるようになってる」

「……ありがとう。嬉しい。使い方を教えてくれる？」

高かったんじゃないの、なんて野暮なことは言わない。

三ヶ月の間、少しでもライアンと話ができるのが心から嬉しかった。

それに出立までの準備期間が一週間しかなかったにも拘らず、私のために動いてくれたのだ。大事に思われているというのが実感できて幸せだった。

「石に魔力が溜まったらほのかに光るんだ。そのタイミングで通信ができる」

使い方を丁寧に教えてくれながらライアンが騎士団用のプレートを見せてくれる。そこについている青色の石が、うっすらと光を帯びていた。私用のプレートが光っていないのは、ここに来る前に動作確認をしたためらしい。

この通信機は石に自然に溜まる魔力を使って、離れた場所にいる人間との通話を可能にするらしい。通信時間はほんの五分ほど。距離が開けば開くほど一度の通信に魔力を使うため、近距離通信なら一日ほどでまた使えるようになるが、ブラックウッドに着くころには一週間に一度程度の通信になってしまうらしい。

「石が光ったらいつでも使ってくれていいから。どんな時でも通信に応じるよ」

頼もしい笑顔で言ってくれるけど、もちろん素直に頷くわけにはいかなかった。

「ダメよ、作戦遂行中に音を立てたらあなたに危険が及ぶかもしれないでしょう？　会議中だったら気まずいし。だから大丈夫な時にライアンから連絡してちょうだい。分かった？」

言い聞かせるように強めに念を押すと、ライアンはやや不満そうな顔をしながらも了承してくれた。

「魔獣が空気を読んで石が光った瞬間に撤退してくれればいいけど」

「あなたからの連絡ならいつだって応じるわ」

ライアンの真似をしてそう言って、ライアンの首から下がっている私用の通信プレートをつまんで口づける。

「……こんなに行きたくないと思ったのは初めてだ」

ため息をつきながらライアンが私の身体を強く抱きしめる。

「悪い騎士様ね。でもそういうのも嫌いじゃないわ」

抱き返しながら言うと、ライアンの腕の力がさらに強まった。

ふと、公爵家のお世話になることを伝え忘れていることに気づいたけれど、放っておくことにした。きっとオリヴィアからもう伝わっているだろうと思ったのだ。それよりも残り僅かな時間が惜しくて、ライアンが帰る時までずっと抱き合っていた。

翌日、時間通りに営業を終了し、早めに明日の支度を済ませていそいそとベッドに潜り込む。

ネックレスを確認すると、プレートの石が微かな光を発していた。明るいところでは目を凝らさなければ見えない程度のそれも、布団の中では確かな存在感がある。

約束の時間は二十二時。何もトラブルがなければ、その時間にライアンからの通信が入るはず。

ドキドキしながらその時間を待った。

『……フローレス、聞こえるかい？』

時間ピッタリにライアンの声が聞こえて、思わず笑いがこぼれた。

『フローレス？』

「大丈夫。ちゃんと聞こえているわ」

返事がすぐになかったせいか、心配そうなライアンの問いかけに慌てて答える。

『よかった。何かあったのかと』

小さな笑い声程度ではあちらには聞こえないらしい。ライアンの声も少しくぐもって聞こえるから、全部の音をクリアに伝えられるわけではないのだろう。

「ごめんなさい、ちょっと戸惑っちゃって」

小指の先ほどもない石に話しかけるのはなんだか不思議な感じがしたが、ライアンの声が聞けるのは嬉しかった。

「行軍は順調？」

『ああ。今日のところはなんの問題も起きてない』

今日の出来事をお互いに報告し合いながら、目を閉じてライアンの穏やかな笑みを思い浮かべる。そうするとまるでライアンが隣にいるみたいで幸せだった。

『そろそろ時間だ』

沈んだ声でライアンが言う。時計を見れば、通信可能な時間まであとわずかだった。

「五分なんてあっという間ね」

ため息をこらえながら言うと、ライアンは『まったくだ』と同意してくれた。

『明日はさらに距離が離れるから、たぶん次に話せるのは二日後になると思う』

残念そうにライアンが言って、胸が重くなる。

騎士団が王都に駐留している間は、一週間以上会えないこともよくあった。けれど離れた地にいると思うと、たった二日がこんなにも心細い。

『早く会いたいよフローレス』

「私もよ」

出発したばかりじゃないのと笑うことはできなかった。私だって今すぐにライアンに会いたい。

「また二日後に。愛してるわ、ライアン」

『愛しているよ、フローレス』

彼の言葉を最後に、通話は途切れた。

ライアンは国防の要として、国のために頑張っている。

私もその妻としてしっかり支えられるように頑張らなくては。

そのためにまずできることは、彼の母であるオリヴィアの期待に応えることだ。

私の社交界での立ち回りが、今後のライアンの地位に少なからず影響するのだから。

「それにはまず、店をどうにかしなくちゃね」

クリフォード公爵邸は王都の一等地にあり、店との距離もそう離れていない。毎日通って今まで通りに営業することも可能だが、それではあまりに時間の余裕がない。せっかく公爵家にお世話になるのに、社交界で揉まれるという一番の目的が果たせなくなっては本末転倒だ。そうなるとやはり今までのように店に出ることは難しい。

定休日を一時的に増やすのもアリだが、それでもせいぜい週休一日を二日にする程度が現実的な線だ。とりあえず、平均的に客数の少ない曜日があるからそこを休日にしてみよう。

あとはもう、バイトにもっと頑張ってもらうしかない。

だけどただ人数を増やしても意味がない。あの二人ほど優秀な人材なんて探すだけで途方もない時間がかかってしまう。それに勝手の分からない新人を増やしても、今度は教育係側になるであろう二人の負担が増えるだけだ。

それなら今のメンバーのままで盤石化を目指す方が早そうだ。

実際、バイト二人はこの短期間でかなり成長しているし、半日程度からならすぐにでも任せられるようになるかもしれない。

公爵家に入るのは半月後。幸い、まだ多少の時間はある。

もちろん二人の意向を確認する必要があるけれど、まったくの無謀とも思えなかった。

だいたい、こちらにはまだ給与アップというカードがあるのだ。

「これは本気で接客指導をするしかないわね」

そう独りごちて気合いを入れ、再び休日に二人を呼び出すことに決めた。

予定通り定休日に二人を呼び出し、私の不在が増えることと、それに伴い定休日が増えることを伝える。

「勝手な都合で申し訳ないんだけど、やってもらえるかしら」

少しは不安そうな顔をするかと思いきや、頼もしいことに二人は声を揃（そろ）えて「任せてください！」と力強く請け負ってくれた。

「てことは今日もお勉強会ですね？」

「あ、じゃあ制服に着替えた方がいいですかね」

「……私が言うのもなんだけど、嫌じゃないの？」

あまりにもすんなり納得してくれるから、私の方が不安になって恐る恐る問う。

けれど二人はキョトンとした顔で同時に顔を見合わせた。

「……つっても、給仕以上の仕事教えてもらえる職場って貴重ですし。な？」

「それに、休日の指導って無給のとこが多いのに、ここはちゃんと給料出してもらえるし。ねぇ？」

お互いの言葉にレイチェルとタイラーがうんうんと頷（うなず）き合っている。

「教えてもらえる上にお金が出るって最高ですよ」

「しかもコーヒーの淹れ方とか、覚えたら絶対就職に有利だし」

「なによりちょっと楽しいんですよね」

「分かる。オレ馬鹿だから、ここで覚えたことダチに教えると驚かれる」

そうそう！　とレイチェルがはしゃいだ声で言う。

貴族向けの接客態度を学んでいくうちに、丁寧な所作が身について友人たちが茶化しつつも褒めてくれるのだそうだ。

「うちら家が貧乏で親もロクでもなくて、だから一生ボロい酒場の給仕くらいしか仕事ないって諦めてたんです」

「けど、店長のおかげで選択肢増えそうで。感謝してます」

「マジでそう。だからあたし、もっといろんなこと覚えたいです」

「二人とも……」

なんて嬉しいことを言ってくれるのだろう。最初は自分の店に他の人間を入れることに抵抗があったけど、この二人を雇うことにして本当によかった。

「そしてさらなる昇給を！」

「待遇向上を！」

「あ、うん。それはもう。能力に応じてちゃんとするわ」

思わず感動してしまった瞬間に二人の目がギラリと光って、その即物的な要求に滲みかけた涙が引っ込む。

感動のシーンは台無しになったけれど、私は二人のこの素直で直球なところが気に入っていた。

「よし！　じゃあ貴族のお屋敷でも働けるくらい、ビシバシしごいてあげるから覚悟してね！」

「おす！」

「はい！」

「……来る店間違えたか？」

二人の気合い十分な返事と同時に店に入ってきたマックスが、いぶかし気な顔でそんなことを言う。

「間違ってないわ。来てくれてありがとう」

「あれ、マックスさんじゃないですか！」

タイラーがマックスに気付いてぶんぶんと嬉しそうに手を振る。

その横でレイチェルがペコッと頭を下げた。

営業中にマックスが届けに来てくれた注文品の受け取りをお願いすることもあるから、彼らはすでに顔見知りだ。お客様が少ない時は、挨拶だけでなく軽く世間話をしていくこともある。

「今日なんか配達ありましたっけ？」

「いや、ここの店長の依頼で来たんだ」

レイチェルの質問を受けて、マックスが無遠慮に私を指さす。

「コホン。実は、今日は講師の先生をお招きしました」

注目が集まるのに咳払いで応えて、マックスを呼び出した理由を告げる。

「先生？」

「マックスさんが？」

「ええそう。コーヒーのことを本格的に学んでもらおうと思って。悔しいけど、私よりマックスの方がコーヒーの知識は上だから」

本気の悔しさを滲ませて言うと、マックスが勝ち誇ったような笑みを浮かべた。普段は表情が乏しいくせに、コーヒーに関する時ばかりバリエーションが増えるのはどうかと思う。

「今日はホントありがとう、すごく助かるわ。マックスもお店忙しいのにごめんね」

「気にするな。うちもおまえのおかげで助かってる」

マックスが笑いながら言う。

仕入れ量が増えたお得意様的な意味でだろうか。だとしても、この一店舗だけの売り上げなんて全体で考えたら微々たるものだ。この労力に見合うものではない。

「マックスったら人が良すぎるわ」

呆れて言うが、マックスは静かに笑うばかりだった。

「じゃあ、まずは豆の挽き方からね」

私が公爵家のお世話になっている間、豆選びと焙煎まではマックスに任せることにしているので、基本の豆を挽くところから二人に教えていく。

しっかりとメモを取りながら真剣な顔でマックスの話を聞く二人の後ろで、私も復習気分で一緒に聞く。

やはりマックスのこだわりと知識は半端ではない。ちょくちょく深すぎる方向に脱線しそうになるのを軌道修正するのは骨が折れたが、二人とも目を輝かせて楽しそうに質問しているのが印象的だった。

彼女たちの言う通り、生まれや環境に恵まれなかったせいで働き口を見つけるのが難しい子はたくさんいる。だけどその環境に腐らず、向上心と学習意欲の高いレイチェルとタイラーのような子は珍しい。

ここでの知識がいつか別のところで役に立つといいな。

そんなことを願わずにはいられなかった。


午前中でマックスのコーヒー指南は終わり、お礼も兼ねて私が作った昼食を食べてマックスは帰っていった。

「どうですか？　わりとイケてません？」

早速習ったばかりの手順で、淹れたてのコーヒーを出したタイラーが自信満々の顔で言う。

「うん、六十点はいってるわ」

「え、低っ」

タイラーが、ガッカリして肩を落とす。

そうは言っても中流家庭の食卓に出るコーヒーよりは美味(おい)しいと思っての点数だ。自宅に招いた友人に出すなら喜ばれるだろう。だけど。

「このお店は上流階級の方に向けた店づくりをしているの。だから、どうしても採点は厳し目になるわ」

苦笑しながら言うと、タイラーがむくれた顔で自分の淹れたコーヒーを口にした。

「……確かに、店長が淹れたやつより美味(うま)くない、かも」

「でも格段に上達してる。動きも覚えてスムーズになってきてるし、二人とも本当にすごいわ」

本気で感心しながら言うと、二人とも照れくさそうな笑みを浮かべて視線を交わし合った。

午後からの私を講師とした紅茶指南も、二人は飽きることなく真剣に取り組んでくれた。

開店当初はコーヒーをメインにしていて、紅茶にはそこまで力を入れていなかった。もちろん私の趣味というのもあったが、コーヒーの方が手に入りづらく高価だったため、貴族にも重宝される店になると考えていたからだ。

けれど今は違うと分かっている。その狙いも確かに当たってはいたが、紅茶だって貴族にとって欠かせないものなのだ。屋敷の使用人より美味しい紅茶を淹れることができれば、この店に通う理由になる。

事実、紅茶メニューに力を入れるようになってからは、それ目当ての常連さんも増えた。

ライアンにクリフォード家流の紅茶の淹れ方の指導を受けたあとも、独自で勉強して今やコーヒーと同じくらいこだわって楽しんでいる。

もはや今の私の紅茶の腕は、一介のカフェ店員を超え公爵家の執事並みだ。だってライアンがそう言っていたし。公爵家のお墨付きと言ってもいいだろう。

手本として私が淹れた紅茶を出すと、口に含んだ途端二人の目が丸くなった。

「うわー、マジで全然味違いますね」

「味っていうか香り？　なんかフワッてします。フワ～ッて」

カップから漂う紅茶の芳醇(ほうじゅん)な香りを胸いっぱいに吸い込みながら、レイチェルがうっとりと言う。

「分かる。オレが前淹れた時はこんないい匂いしなかったもん」

「めっちゃ雑な淹れ方だったもんね。つっても私もそんなもんだったけど。はぇ～こんなに変わるんだぁ」

感動したように二人が感想を言い合う。

そういえば、二人が働いてくれる時は忙しい時期ばかりだったから、ゆっくり紅茶やコーヒーを淹れてあげることもできなかったっけ。

そんなことを今更ながら申し訳なく思う。

王女様効果で大繁盛していた時は紅茶もコーヒーも作り置きだったし、今も休憩の時は自分たちで淹れてもらっていた。だからこうしてじっくり味の違いを楽しむのは初めてかもしれない。

「こんな差が出るなんて知ったら、ますます覚え甲斐がありますね」

「なぁ、どっちが先に完璧にできるか競争しようぜ」

ちゃんと淹れたコーヒーと紅茶は段違いに美味しくなるという気づきを得た二人は、元々働き者で覚えも良かったため、競い合ってあっという間に腕を上げていくのだった。


その翌日、ライアンからの三度目の通信があった。

騎士団が王都を出て七日目のことだ。

魔力の回復を示す魔石の点灯は昼過ぎには確認できていたせいで、営業中ずっとソワソワすることになってしまった。

「それで、レイチェルは自分でも紅茶の葉を買って帰ることにしたんだって」

『勉強熱心だね。フローレスの教え方がいいのかも』

早速特訓の成果を見せ始めた二人のことを報告すると、ライアンが感心したように褒めてくれる。

「クリフォード家流の淹れ方に感動したみたい。今まで自分が飲んでたのは紅茶じゃなかったとか言っちゃって」

『タイラーはどう？　あまり紅茶にはハマらなかったの？』

「ふふ、タイラーは私たちコーヒー党に染まったわ」

『本当に？　紅茶の良さをちゃんと伝えた？』

ライアンが疑わしそうな声で言う。けれどきっと通信機の向こうの顔は笑っているはずだ。

『でもよかった。これでフローレスも少しは時間に余裕ができそうで』

「そうね。本当に助かってる」

『帰ったらデートし放題だ』

「それにはあなたが騎士団に辞表を出さなくちゃね」

顔が見えなくても、声のトーンで相手の表情が想像できる。ライアンもそうなのだろう。他愛のないおしゃべりのあとに、『元気そうでよかった』と安堵の声が続いた。

「そっちは今どんな感じ？」

『予定通り、明後日にはブラックウッドに着きそうだ。たぶん、次の通信は一週間後になると思う』

「一週間……」

『そこを拠点に掃討作戦を展開するから、それ以上は伸びないはずだ』

私の沈んだ声に、ライアンが慌てて言う。これからの通信は週一で安定するということらしい。

「まだ魔獣に遭遇してない？」

『ああ、先遣隊が森から出ないよう食い止めてくれているようだ』

「すごい、みんな頑張ってくれているのね」

『我が国が誇る騎士団だからね。他国に後れはとらないさ』

自信に満ちた声で言うのは、私を安心させるためもあるのだろう。

だって次の通信はライアンがブラックウッドに入った後になるのだ。心配でたまらないのが、どうしても声に滲んでしまう。

「次の通信で戦果を聞くのが楽しみね」

だけど不安をそのまま口にすれば、ライアンが気にしてしまうだろうからあえて明るい声でそんなことを言う。私が彼にしてあげられることなんて、なんの憂いもなく戦えるよう心の負担を減らすことくらいだ。

『ああ。タイラーとレイチェルの成長ぶりも楽しみだ』

そうしておやすみの挨拶を交わし合って通信を終える。

せめてライアンが期待してくれる通り、二人を一人前のカフェ店員に仕立てよう。

明日は臨時で店を休みにしていて、勉強会第二弾を開催する予定だ。

ありがたいことに、今度はグレタが礼儀作法の講師として来てくれることになっている。

だから早く寝て明日に備えなくては。

ネックレスを首に着けなおして枕元の明かりを消す。

目を閉じて祈るのは、ライアンの無事だけだった。

勉強会当日の朝、グレタは誰よりも早く店に来てくれた。その上しっかり資料まで作ってきてくれて、王宮での彼女の有能さを垣間見た気がした。

実際、グレタの指導は的確で端的で、非常に分かりやすかった。

貴族の喜ぶこと、嫌がることなど。それに優雅に動くための所作。

どれをとってもレイチェルたちには初めてのことばかりだ。

「えー、でもそれ、なんの意味があるんですか？」

「ホントホント、別にすぐ片付けても良くないですか？」

ドリンク作りの実技指導とは違って、すぐ目に見える効果が出ないのもあり、あまり乗り気ではない様子だった。

だけど従僕や執事、貴族邸での使用人を目指すなら必要なことだし、絶対身につけた方がいいスキルだとグレタは熱弁する。

「このくらいいいだろ、なんて思ったら絶対ダメよ！　うっかりでも貴族の気に障る態度を取ったら即クビなんてこともあるくらいなんだから！」

「うう、そういうところが嫌なんですよお貴族様って」

「どんだけ偉いんだっていう」

渋い顔をしてレイチェルとタイラーが不平不満を言う。

「そういう人ばかりじゃないけどね。運悪くそういう家を選んじゃったら、転職も難しくなるから気を付けた方がいいわ」

貴族であるグレタが、苦笑しながらハズレくじを引いてしまった時の注意点を挙げていく。店の営業には関係のないことだけど、二人の将来には必要な知識なので、マックスのコーヒー談義とは違い止めることはしなかった。

実際、グレタの言う通り、メイドや従僕は基本紹介状を書いてもらわないと転職できない。屋敷の主に嫌われると、紹介状を書いてくれないなんてこともあるらしい。脅しでもなんでもなく、使用人界隈では常識的な話だ。

「もういっそグレタさんとこで雇ってくださいよ」

「まあタイミングが合えば父にお願いすることも出来るけど、しばらく退職者が出る予定はないわね」

「ちぇー」

「ハズレ貴族に当たるくらいならずっとここでバイトしてたいです」

実態を聞いてやさぐれた顔で言う二人に、思わずグレタと顔を見合わせて苦笑してしまう。

「私は助かるけど。でもそれだと将来的に困るんじゃない？」

「それなんですよねぇ」

いくらうちが他より給料が高めだといっても、それはあくまでもバイトとしての話だ。

今はまだ実家暮らしの若い二人も、いずれ独り立ちすることになる。環境に恵まれていないというならなおさらだ。

カツカツの給料で家賃を払いながら一人暮らしをするより、貴族の屋敷で住み込みで働き、お金を貯めて自分の店を持つというのが庶民にとって一般的だ。

「うちに来るお客様から、良さそうな方に使用人を募集してないか聞いてみるとか」

今すぐは困るけど、と付け足してアドバイスしてみると、二人はまた渋い顔になった。

「そりゃ店長が頑張ってるから他のお高い店よりはまともそうな人多いですけどね？」

「でもやっぱ店長が相手してる時以外はオレらに対してうっすら見下してる感ありますよ」

タイラーが唇を尖らせながら言って、レイチェルがコクコクと頷きながら続ける。

「それは考えすぎじゃない？」

確かに私とバイト二人とで態度に差がある人は少なくない。

だけどそれは見下しているというより、接客の腕の差によるところが大きいと思っている。誰だって自分にとって気持ちの良い接客をしてもらえたら、その店員に対して優しくなれるものだ。

レイチェルたちもだいぶマシになったとはいえ、今のところ私が作った簡易的なマニュアルの域を超えていない。

「いや、やっぱ庶民を舐めてますって」

「でもフローレスだって一応は庶民じゃない」

なおも憤然と言うタイラーに、グレタが冷静に事実を告げる。

「いやそれはそうですけど……」

「店長はちょっと別っていうか……」

「なにも違わないわ。父が男爵ですなんてわざわざ言ったこともないし」

モゴモゴと言い訳のようなことを言う二人にきっぱりと言い返す。

庶民から見れば男爵も立派な貴族だろうけど、真の貴族から見れば全然大したことはないのだ。なんの自慢にもならない。言ったところで、そもそも庶民を見下してくるような人には「たかが男爵風情が」と鼻で笑われるだけだろう。

「まずは常連さんの顔と名前を覚えるところから始めましょう。それから少しずつでいいから好みの傾向を把握して。そしたら期間限定メニューとか新しいコーヒーとかお勧めしやすくなるでしょう？」

「そうそう。貴族なんて、お気に入りの店で特別扱いされるとすぐ機嫌よくなるんだから」

グレタが貴族代表みたいな顔で胸を張って言う。

でも、確かにそういう傾向は強い気がしていた。

「……うーん、でもやっぱちょっと貴族のおじさんの偉そうな態度って苦手で」

「お高く止まってるんですよね、貴族のお嬢さんとか」

どう頑張ってフォローしても、二人の貴族への印象は悪いままだ。できればマニュアル通りではなく、お客様に合わせて臨機応変に立ち回ってほしいのだけど。

「困ったなぁ。貴族が喜ぶ接客をレクチャーしても、喜ばせたいって気持ちがないなら難しいわよね」

グレタが珍しく眉間にシワを寄せている。

彼女の言う通り、いくらグレタから貴族への対応を学んでも、自分からやろうという気持ちにならなければ結局はマニュアル通りのままだ。

一体どう指導したものか。

そういえば、私の時はどうだっただろう。どうして貴族を相手にするのが当然の王都一等地を目指したんだっけ。

口元に手を当ててじっと考え込む。

リカルドとのことがある前は、下町の小さなカフェでバイトをしていた。その時から自分の店を持つという夢はあったけど、あくまで庶民向けのカフェで十分と思っていたはずだ。

それが変わったきっかけは。

「待って。そうよ、逆に考えてみて」

「逆?」

そうだ、思い出した。

確か好奇心旺盛な貴族の青年が、わざわざ私がバイトをしていた庶民向けのカフェにお茶をしにきたんだった。たぶん、お手並み拝見みたいな意地の悪い気持ちもあったのだと思う。

それで店長が貴族の相手なんかできないといって、私に接客を押し付けてきた。

幸い、その頃から貴族相手に仕事をしていた父に貴族への礼儀や作法を聞いていたおかげで、多少の知識はあった。その記憶を総動員して必死に対応した結果、その青年は「なんだ、庶民の店も悪くないじゃない」と笑顔で帰っていったのだ。

それが嬉しくて、どこまで自分のやり方が彼らのような貴族に通用するのか、試してみたくなったんだっけ。

「逆って、あたしらが上の立場になるってことですか?」

「そう。お高く止まった貴族たちが、あなたたちを気に入ってこの店の常連さんになるのよ」

「ほう……?」

私の言葉に、レイチェルが興味をひかれた様子で表情を改める。

「それにおしゃべりを楽しみにきたご令嬢方が、あなたの王子様みたいな接客にポーッと見惚(みと)れていたらどう?」

「ほほう……?」

まんざらでもない顔でタイラーが身を乗り出す。

どうやら彼らの貴族への印象をプラスに塗り替えようとするより、こちらの方が心に響くらしい。

「主導権をあなたたちが握るの。そして庶民を見下す気満々だったお貴族様に、『こんなはずじゃなかった』と思わせるのよ！」

二人の反応に手ごたえを感じて声のトーンを少しずつ上げていくと、それに呼応するように私に集まる二人の視線が強くなっていく。

「小難しい顔で入ってきたおじさまが、レイチェルの真心を込めた接客と丁寧に淹れた紅茶でほんわかして帰っていくのを想像してみて」

「……ちょっといいかも」

「タイラー、その伸びすぎた髪を地毛のところで短く切って、爽やか路線を目指してみない？　社交界にいないタイプの美形なんて、娯楽に飢えたお嬢さんたちがこぞって見学に来るわよ」

「やります」

私の大げさな物言いと二人の素直さに、グレタが横で笑いを堪（こら）えている。だけど二人には効果的みたいだから良しとしよう。

「グレタ先生、出番です」

「任せなさい」

すかさず右手をグレタに向けて言うと、注目を集めたグレタがノリよく立ち上がって胸を張った。

さっきまでグレタに向けていた二人の視線の熱量が、明らかに上がっている。どうやら私の作戦は成功したらしい。

そこからようやく集中しての接客講座が始まった。

私の接客マニュアルにグレタが補足を入れる形で貴族のなんたるかを解説し、ひとつひとつ理屈で理解させていく。理解力の高い彼らは「なるほど」と頷きながら、実演したり質問したりを繰り返し、徐々に接客の基本を覚えていった。

「ええ～、これ狙い通りの反応がきたらめっちゃ楽しいかも」

「分かる！　オレ黄色い悲鳴上げさせるの目標に頑張るわ」

「アンタ黙ってりゃ顔はいいんだしイケるよ。喋（しゃべ）ると馬鹿丸出しだけど」

休憩時間中に和気あいあいと喋る二人を見て、グレタが笑う。

「この二人、素直で教えやすいわぁ」

「一時はどうなることかと思ったけどね」

「可愛（かわい）いものよ。私の後輩なんてプライドだけは高いからやりづらくって」

グレタが珍しく愚痴をこぼす。王宮で働く人間は貴族が多いし、庶民でも能力が並外れて高いから、確かに色々と面倒事が多そうだ。

私のように明確な立場の違いがあれば、店員とお客様としてなんの屈託もなく役割に徹することができるけど、貴族同士だと家柄の力関係が複雑に絡み合う。迂闊（うかつ）なことを言えば、家同士の対立が勃発するなんてことにもなりかねない。

「貴族のしがらみって大変ねぇ」

「あら、フローレスもその渦中に巻き込まれるのよ？」

他人事じゃないわよ、とグレタが笑う。

ライアンとの結婚のことを言っているのだろう。

彼女にはクリフォード公爵家にお世話になるということはすでに話していた。「面白くなりそうね」と心から楽しそうに言われたのは記憶に新しい。

「社交界の立ち回りの先生もしてくださる？」

「それは公爵夫人にお任せいたしますわ」

うふふ、と貴族令嬢らしく上品に笑って、私が淹れたコーヒーをグレタが美味しそうに飲む。

「私ができるのはちょっとしたフォローくらいね。何せ後輩の育成に忙しいので」

「本当に助ける気ある？　最近は仕事を口実に社交界から離れてるって言ってたの、忘れてないわよ」

「そうだったかしら？」

恨みがましい目を向ければ、グレタが誤魔化すように目を逸らした。

「ちょっと！」

「あははウソウソ！　ちゃんとやるってば」

グレタが声を上げて笑い、私の追及から逃れるため「続きやるわよ！」と二人に宣言して勝手に休憩を終わらせてしまった。

「ここからは接客とはまた別のお話になるわ」

私に責める隙を与えず、すぐさま講師風の口調で話し始めるのを見て、諦めてバイト二人と同じように聞き手に回る。

「いいですか、貴族たちは噂好きです。カフェで働いていると様々な噂を耳にするでしょう。でも、盗み聞きしてそれを悪用したら大問題になります」

したり顔で言うグレタは、そんな噂をあちこちから集めて仕事に役立てるのが得意だ。

「知っているお客様の名前でとんでもない噂が聞こえてきても、涼しい顔で聞こえないふりをしましょう」

「え、なんでですか？」

レイチェルたちの素朴な疑問にグレタが丁寧に答えていく。

さっき彼女たちに言ったように、うちの店に来るようなお客様に庶民をあからさまに見下すような横柄な貴族はいない。それは事実だ。

けれど、私たち庶民に対して「別の世界で生きている人間」という感覚が無意識下にあるようには思う。だからなのか、私たちに聞こえるのを気にせず噂話に花を咲かせる紳士淑女が意外に多いのだ。

その中には、容姿に関する悪口や次に流行るドレスの予測なんかの他愛のない話題に交じって、とんでもない情報があったりもする。

もし思いがけず得てしまったその情報を、他のお客様に流したらどうなるか。

少し影響を想像しただけでも身震いしてしまう。

「絶対にその情報を他のお客様に流したりしないこと。聞き耳を立てていることがバレてもダメよ。あくまでも私たち店員はくつろぎ空間の設備や風景の一部に徹すること」

グレタの説明に、念を押すように付け加える。私たちはあくまでも無害なカフェ店員を演じていなくてはならない。

「でもまったく聞いていないのもダメなのよね」

「えっ、むずいこと言わないでくださいよ」

「なんでですか?」

さらにグレタが付け足した言葉に、レイチェルとタイラーが戸惑って眉根を寄せる。

「予約のためのおつかいが来た時に、仲の悪い貴族同士がバッティングしないか調整する必要があるの」

「そう。それ本当に大事。席が空いてるからって軽い気持ちで予約を受けたら、大変なことになるわ」

グレタとともに鬼気迫る表情で言えば、タイラーとレイチェルが迫力に飲まれたようにごくりと喉を鳴らした。

「も、もしやらかしたら、どうなるんですか……?」

「下手をしたら店内で喧嘩が勃発、巻き込まれて店が潰れる、なんてこともないとは言えないわ」

実際そうやって潰された店を知っている。

予約が詰まっているし、双方店の常連だから許してくれるだろうと楽観して、敵対している貴族同士を隣のテーブルに配置してしまったのだ。

詳細な内容まではさすがに分からないが、刃傷沙汰にまで発展してしまったとかなんとか。

その責任を押し付けられる形で店に悪評が立ち、あっという間に閉店にまで追い詰められてしまったらしい。

店員と常連として長い時間をかけて信頼関係を築いたとしても、崩れる時は一瞬だ。

そうなった時、割を食うのはやはり庶民である店側になってしまう。

朗らかに挨拶をしてくれる陽気な紳士でも、貴族特有の傲慢さはやはり少なからず持ち合わせているのだ。友達気分で失礼なことをすれば、途端に突き放してくることだろう。

友好的なのと友人になるのとは別なのだ。

「お客様との線引きは大切よ。特にタイラー。あなた、可愛いお嬢さんにチヤホヤされても、個人的に親しくなろうなんて絶対にしないこと」

ジッとタイラーの目を見ながら言う。彼は以前のバイト先で、よくお客様の女の子とそういう意味で仲良くなっていたと言っていたから。

これはもし将来貴族のお屋敷で働くことになった時にも重要なことだ。

「最悪、そのご令嬢のお父様に消される、なんてことも」

「うっ、ウソですよね？　さすがに大袈裟(おおげさ)に言ってますよね？」

私の言葉に顔を引き攣(つ)らせながら、助けを求めるようにタイラーがグレタを見る。

グレタは憂いを帯びた表情で、無言のまま首を横に振った。

「こっわ」

レイチェルがボソッと呟(つぶや)いて、タイラーが顔を青褪(あおざ)めさせる。

こうしてグレタによる対貴族接客講座は静かに幕を閉じたのだった。

◇◇◇

ネックレスを外して手のひらに載せて待つ。

首に着けたままでも会話はできるけど、なんとなく手に持ってプレートに向かって話しかけたくなってしまうのはなぜだろう。

時計を見ると、約束の時間まではまだあと十分もある。

わずかな緊張をほぐすように、深呼吸をひとつしてプレートの端を指先でそっとなぞった。

「ライアン、今大丈夫？」

『ああ大丈夫だよ。フローレスからの初通信だね』

すぐに反応があって、その言葉には嬉しさが滲んでいてホッとする。

「ごめんなさい、待ちきれなくて」

素直にそう言って、ベッドの縁に腰掛ける。

向こうの状況が分からないから自分からは連絡しないなんて言っておいて、意志の弱いことだと我ながら思う。

だけどライアンのことが心配で、早く無事な声が聞きたくて、落ち着きを失くしたあまり今日はまだ寝る準備さえ整っていなかった。

「怪我してない？　何か困ったことは起きてない？」

『無傷だし順調だよ。心配かけてごめん』

「ライアンが謝ることじゃない……ってこれ、ライアンのこと信頼してないみたいよね」

ライアンが無事だと分かると、途端に別のことが心配になってくる。

ライアンが強いということは自他ともに認められている確かなことだ。それなのにこんなに毎回不安そうに質問していたら、彼もいい気はしないのではないか。

『フローレスには申し訳ないけど、実は心配されるのが嬉しいんだ』

「そうなの？」

照れたように言われて、思わず首を傾げてしまう。

『うん。どれだけ愛されてるかが伝わるから』

「……普段からもっと愛情表現した方がいいかしら？」

『いや、いつもが足りてないと言っているわけではなく』

そんなことで愛を感じてしまうくらい、私の愛情表現は少なかったのだろうか。少し不安になって問うと、ライアンが慌てて否定してくれた。

『浮かれている場合ではないな』

「やっぱり結構大変？」

『実のところ、そうでもない』

ライアンの説明によると、魔獣の数は多いがもともと危険種は生息していないし、隊同士の連携も上手くとれているらしい。サノワの内戦で学ぶことも多く、騎士団全体の士気が高いのだそうだ。

『今のところ軽傷者のみだし、それだって治癒魔法で万全な状態を保っているよ』

治癒魔法は一週間でふさがるような切り傷ならすぐに治せるが、骨折程度の重傷を超えると難しくなるのだったか。その魔法で治せないほどの負傷者が出ていないということは、本当に軽傷者しか出ていないのだろう。

「よかった。それなら安心ね」

ホッとするのと同時に、ライアンに話したいことが次々浮かんでくる。

だけど週一にまで頻度が下がってしまった定時連絡で、話せるのはほんの五分だけ。よく吟味して決めないと、時間があっという間になくなってしまう。

「あ、そうだ、明日からクリフォード家でお世話になるのだけど」

『え!?　どういうこ……』

そういえばこのことについてまだきちんと話していなかったな、と慌てて付け加えようとしたところで通信が途切れてしまった。どうやらタイムオーバーのようだ。

ふう、とため息をついてネックレスを首から下げ直す。

途中で切れてしまったけど、一応明日からというのは伝えられたはずだ。

どうしてもライアンの状況を聞くことを優先してしまって、自分のことを伝えるのが後回しになってしまう。

もっと時間があれば。

三ヶ月音信不通になるはずだったことを思えば、これ以上を望むのは贅沢だと分かっている。寂しいけれど、声を聞けるだけずっとマシだ。それにライアンが元気だというのが声の調子から伝わるので、安心感がある。

それでも次の通信までの一週間、彼が完全に無事であるという保証はない。

——どうか予測より魔獣の数が少なかったとかで、騎士団が早く帰ってこられますように。

プレートを両手で握りしめながら、祈るように目を閉じる。

お肌の手入れは終わっていなかったけれど、今からやる気にもなれなくてベッドに入る。そのまま身体を横たえて、ライアンのことを想いながら眠りについた。

翌朝、裏口からノックの音が聞こえて慌ててそちらに向かう。

扉を開けると、そこには見覚えのある老紳士が立っていた。

「こんにちはフローレス様。準備は整っておいでですか？」

にこやかに挨拶するその老紳士は、クリフォード家に長年仕える執事で、間接的に私の紅茶の師匠でもあるジェフリーだった。

「すみません、迎えにきてくださると思っていなくて」

今日はクリフォード家にお世話になる初日だ。準備は終わっていたけれど、約束の時間はお昼過ぎだったので、これからのんびり徒歩で向かおうと思っていたところだった。

「そうだと思いまして、早めにお迎えにあがりました」

「お気遣いありがとうございます……！」

恐縮して頭を下げる私に、彼は柔和な笑みで「お気になさらず」と言ってくれた。

高位貴族に仕える使用人というのは普通、プライドが高くてただの庶民に対して威張る人も少なくない。けれど彼は、誰に対しても丁寧に穏やかに接してくれる。そういう裏表のない態度が、クリフォード家に信頼される所以なのだろう。

「お荷物も多いようですし、女性の一人歩きは危険ですので」

そんなことを言ってくれるが、下着以外すべてこちらで用意すると言われたので荷物は最小限だし、今は太陽が燦々と輝いているので女性とはいえ庶民ならば一人歩きでも特に危険はない。けれど生粋の執事然とした彼にとって、女性というのはか弱くて守られて当然の生き物なのかもしれない。

「さあどうぞ、こちらへ」

そう言って背後にある馬車を示す。公爵家の馬車にしては小さいし、家紋も入っていないから、お忍び用とか緊急用とか、そういった用途のものなのだろう。

「では、お言葉に甘えて」

こういった時変に遠慮するのはあまり褒められたことではない。

未来の貴婦人として、ここは微笑んでスマートに受け取るべきだ。

そう判断してジェフリーの手を借り馬車に乗り込む。

「……どうでしたか、今の」

続いて馬車に乗り込んだジェフリーに、遠慮がちに問う。

付け焼刃の行動が無様に映っていたら、目も当てられない。

「上々かと」

彼はにっこりと笑い、小さく拍手のような仕草をしてくれた。

やはり、私がクリフォード家へ向かう理由をすっかり把握しているらしい。そしてどうやら私の味方でいてくれるようだ。もしかしたら紅茶が素敵な縁を結んでくれたのかもしれない。

確かな心強さを感じて、しっかりと背筋を伸ばして小窓の外を見る。

動き出した馬車は、庶民向けの辻馬車と変わらないように見えたのに、ほとんど揺れを感じることもなかった。

クリフォード公爵邸に着くなり挨拶もそこそこに小部屋に連れ込まれ、メイドたちの手によってあっという間にドレスに着替えさせられてしまった。

「うん、サイズピッタリね」

よしよし、と頷くオリヴィアの横で、この家の当主であるセオドアも同調したように頷いている。気の合う夫婦だ。

「あの、これは……?」

「あなた用に作らせたの。若い子向けのデザインから選ぶの、楽しかったわぁ」

ウキウキと本当に楽しそうに言うが、多分このドレスはそんな気軽な感じで言っていいような値段ではないだろう。

「……ありがとうございます」

こんなのいただけません！　と反射的に言いそうになるのをぐっと堪え、微笑んで礼を言う。

チラリと側に控えるジェフリーを見ると、彼は「よくやった」とばかりに深く頷いてくれた。

「あらいいのよ。本当は二十着揃えたかったけど、間に合わなくて半分しか用意できてないし」

「ひえっ」

思わず小声で悲鳴をあげる。こんな上等なものがあと九着も。そして多分追加でもう十着あるらしいなんて。

ダメだ、頭がクラクラしてきたわ。

お世話になると決めてからすぐ、確かにクリフォード家のメイドが私の身体のサイズを測りに来たけれど、せいぜい公爵邸にいても恥ずかしくない程度の普段着を用意していただけるのだと思っていたのだ。それだけでも十分畏れ多いのに、まさか社交の場に出ても恥ずかしくないワンピースやドレスを二十着なんて。

助けを求めるようにもう一度ジェフリーを見ると、彼はすでに私から目を逸らしていた。

「あなた結構スタイルがいいのね。キビキビ働いているからかしら」

「きょ、恐縮です……」

「髪飾りもいくつか用意したから、あとでその髪もどうにかしましょ。本当はもっと長いといいのだけど」

「貴婦人として相応しくないのは承知ですが、カフェの従業員としてあまり伸ばすわけには」

「ええ、分かっておりますとも。そういうところも気に入っているの」

オリヴィアは私の反論に満足そうに笑って、小さな宝石箱をジェフリーから受け取った。

もっと伸ばせと言われたら困ると思ったけど、どうやらそういうことではないらしい。

「今のは髪型の種類が限られるわねっていう、ただの世間話よ」

宝石箱から洗練されたデザインの髪飾りを、ひとつ取り出しては私の髪にあて、いくつか試したあとで深い緑色の宝石がついた髪飾りをかざしながら「やっぱり恋人の瞳の色がベストね」と嬉しそうに笑った。

「あ、そういえばライアンに言うの忘れてたわ」

それからハタと気づいたように真顔に戻る。

「え?」

「ま、いいか。あの子それどころじゃないものね」

聞き捨てならないことをサラリと流して、髪飾りを宝石箱へしまい直す。

どうやら私がここへ来るということは、昨晩の通信で私がついでのように言ったのがライアンにとっての初耳だったらしい。

そうと分かっていたらもっときちんと伝えていたのに。

思わず頭を抱えてしまう。

きっと今頃ライアンはあの中途半端な情報の全容が分からずモヤモヤしていることだろう。なんてことなの。心の負担を軽くするつもりが、真逆のことをしていたなんて。

「では、私は仕事に戻ろうかな」

終始楽しそうなオリヴィアと、難しい顔になった私と、そして気の毒そうな顔をしている執事にどんなことを思ったのか。セオドアがなんだか笑いを堪えているような顔で、その場を辞すためソファから立ち上がった。

「あらもう行ってしまうの？」

「リヴィー、君が楽しそうだから止めないが、未来の娘をあまり困らせてはいけないよ」

「困らせてないわ。楽しんでいるのよ」

そう言って悪びれた様子もなく彼女は私に「ね」と無邪気に笑いかける。

「……必ずやご期待に沿うとお約束いたします」

負けじと微笑めば、彼女は私なんかではとても敵わない極上の笑みを浮かべた。

クリフォード公爵邸でお世話になり始めて約一週間。
ライアンからの定時連絡の日を迎えて、いそいそと豪勢なベッドに潜り込む。
『まさか母がそんなことを……』
事の経緯を伝えると、ライアンは言葉を失ったように呻いた。

「ごめんなさい、てっきりもう聞いているものだと思っていたの」

頭を抱えて項垂（うなだ）れているであろうライアンを想像しながら、苦笑して言う。

現状報告もそこそこに、彼からの質問攻めにタジタジとなりながら経緯を伝えたらこうなってしまった。

やはりもっと早くに伝えておけばよかった。

『母やメイドたちにいじめられてないかい』

「まさか。とってもよくしていただいてるわ」

その言葉に嘘（うそ）はなく、想像していた以上に彼女たちは親切だ。

ただリカルドの一件で、ある程度貴族の振る舞いが身についている私を見て、オリヴィアが「つまんなーい」と露骨にガッカリしていたことは言わない方がよさそうだ。

「明日から本番なの。ちょっと緊張するわ」

明日はオリヴィアの友人である侯爵夫人が主催のお茶会に参加する予定だ。

今日まではいわゆる座学という感じで、マナー以外にも公爵家と王族との関わりや、ライアンの敵や味方にあたる貴族を学び、それぞれにどういった態度をとるべきかを教えてもらっていた。

それからスターリング公爵家ではあえて教えてくれなかったであろう、貴族の暗黙の了解といった、庶民では絶対に知りえないタブーなんかもしっかりと教えてくれた。

きっとスターリング公爵夫人は、私にリカルドの足を引っ張らない程度の恥をかかせたかったのだろう。その企み（たくら）に気づいたオリヴィアが、彼女のあまりの性格の悪さに愉快そうに笑っていた。

そこから脱線して、オリヴィアとスターリング家の愚痴大会になったのは楽しかった。

『フローレスにばかり苦労かけてすまない……』

「全然。貴族同士の裏事情とか聞けてすごく楽しいわ！　カフェ経営にも役に立つし」

本心からそう言えば、ライアンは『ならいいんだけど』とまだ少し疑わしそうだった。

自分だけ結婚の準備に関われず、遠い地にいるのがもどかしいのだろう。

「あのね、これはライアンのためだけじゃなくて、私のためでもあるの」

『本当に？』

「ええもちろん。私、社交界でもきっとうまく立ち回れるわ」

『……目に浮かぶよ。キミを侮って近づいてきたご令嬢があっさりやりこめられてしまう光景が』

自信満々に言えば、何を思い浮かべたのかライアンが楽しげにそんなことを言う。

「あら、貴族の妻というものは、そんなはしたないことしないのよ」

ご存じありませんでしたの？　と気取った言い方をすれば、通信機の向こうで明るい笑い声が響いた。

『では、上品な撃退報告を楽しみにしているよ』

「任せてちょうだい」

くすくす笑い合ううちに通信は切れて、温かい気持ちのままベッドに横になる。

豪奢でフカフカのベッドは私には贅沢過ぎたけど、ライアンのおかげで緊張の解けた身体を優しく受け止めてくれた。

翌日のお茶会は、滞りなく終えることができた。

少なくとも表面上は、拍子抜けするくらいに何の問題も起きなかった。

侯爵夫人はオリヴィアと親しいというだけあって私に対しても友好的だったし、参加者の年齢層が高かったのもあるけれど、皆穏やかで落ち着いた貴婦人ばかりだったのだ。

提供された紅茶は文句なしに美味しかったし、お茶菓子も有名店のものや一級品ばかりで勉強になった。

「こんなに楽しいばかりで良かったのでしょうか……」

「まあ、今日は様子見といったところね」

なんの波風も立たなかったことに逆に不安を覚える私に、オリヴィアは泰然と言った。

なるほど、やっぱりそういうことなのね。

変に安心しながら、ジェフリーが淹れてくれた紅茶を飲む。

「はあ……どうしてこんなに美味しいのかしら」

自分で思っていたよりも疲れていたようで、独り言を呟いてしまう。

お茶会では今日の主催である侯爵夫人がお茶を振る舞ってくれたが、あくまでも貴族女性のたしなみでしかない。

やはり彼の淹れてくれた紅茶が一番だ。

「恐れ入ります」

ジェフリーが嬉しそうに笑って、オリヴィアが得意げに「そうでしょう？」と胸を張る。

「うちのジェフリーは事務能力や使用人たちの指揮管理だけじゃなく、紅茶の腕が飛び抜けているのよ」

「ええ本当に。私もかなり勉強したのですが、追いつける気がしません」

実際に彼の淹れてくれた紅茶を飲むまでは、ライアンの教え方も上手いし私自身努力もしたから、並ぶくらいまではいったのではないかと驕（おご）っていた。だけどそれは大間違いだ。

「滞在中に、一度だけでも直接教えていただくことはできますか？」

私の問いを受けて、ジェフリーがオリヴィアに許可を求める視線を送る。

「構わないわ。あなたのお店が繁盛することは、わたくしも望むところだもの」

「そうなんですか？」

「ええ。言ったでしょう、気に入ったと」

ありがたいことに、オリヴィアは本気で言ってくれていたらしい。私をここに呼び寄せるためのお世辞ではなかったのだ。

「あなたは紅茶よりコーヒーの方が好きなのね」

「そうですね。紅茶がこんなにも奥が深いと思っていなかったので」

恥じらいながら正直に答える。

紅茶は庶民でも日常的に飲むもので、誰にでも淹れられるものだから、商売には向いていないと思っていた。

それよりも、豆によって挽き方も淹れ方も工夫しなければいけないコーヒーの方が面白く感じた。工夫すればするほど、手間をかければかけるほど美味しくなるコーヒーに、あっという間にのめり込んでしまったのだ。

「逆にわたくしは、コーヒーって面倒なだけでそんなに美味しくないと思っていたわ。ちゃんと淹れたらあんなに美味しくていい香りがするのね」

私の店に来てくれた時に飲んだコーヒーのことを思い出してくれたのか、オリヴィアが「あれは衝撃だったわ」と少し興奮気味に言う。

「では、紅茶を教える代わりに、私にコーヒーを教えてくださいますか」

それを聞いたジェフリーが、奥様のためにとそんな提案をする。

「あら嬉しい。わたくしからも是非お願いしたいわ」

「もちろんです！　私でよければいつでも」

期待に満ちた目を向けられて断るわけがない。ここはコーヒー推進派として逃せないチャンスだ。公爵家でコーヒーが日常的に飲まれるものとなれば、それに影響された貴族界隈にコーヒー派が増えるのは明らかだ。

お店の売り上げが伸びそうなのももちろん嬉しいけれど、単純にコーヒーを飲む人口が増えるのがとても嬉しい。需要が高まれば、マックスの店に置かれる豆の種類も増えることだろう。

「あなた本当にコーヒーが好きなのねぇ」

浮かれて思ったことをそのまま言えば、呆れとも感心ともつかないトーンでオリヴィアが言う。確かに紅茶の良さに気づいたとはいえ、現段階ではまだコーヒーの方がかなり上だ。

「今日もわたくしのお友達にコーヒーを勧めていたでしょう」

「気づいてましたか」

今日のお茶会でのオリヴィアの人気はすごくて、私のそばにずっとはついていられないくらいあちこちから引っ張りだこだった。

その隙をついて私に探りを入れてきたご婦人に、探らせる隙など与えないくらいにコーヒー談義をけしかけた。相手を煙に巻くのと自分の趣味を兼ねていたが、幸い、そのご婦人もコーヒー好きということで、うまい具合に誘導されてくれて、私も楽しかった。今度私の店に来てくれるという約束まで取り付けて、ホクホクだったのをオリヴィアに見られていたらしい。

「さすがに営業をかけるつもりはなかったのですが」

「あらいいのよ、社交界はいかに自分に有利なように駆け引きできるかの場だもの」

謝罪しようとした私に、意外にもオリヴィアはそれを認めるようなことを言う。

「その点で言えば今日のあなたはなかなかのものだったわ。自分のことは探らせず、自分の領域に引き込んだ上で相手も満足して帰っていったのだもの」

「それはでも、たまたまというか」

狙ってやったことを見透かされていた恥ずかしさもあり、狙った以上の効果を分不相応に思いがけず褒められた気まずさもあって、つい口ごもってしまう。

この人は本当に人のことをよく見ている。

「比較的穏やかな集まりを選んだのもあるけど。全然物怖(ものお)じもしないし、一人で放っておいても逃げないし。もっとオロオロすると思っていたのに」

「あはっ」

残念そうなのを隠しもせずに言うオリヴィアに、思わず笑い声が漏れてしまう。

「明日はでは、社交界デビューしたばかりの深層の令嬢っぽくしてみましょうか」

可愛い義娘を望むならそう演じるのもやぶさかではないと思って提案してみたけれど、彼女はそれに首を振った。

「それもいいけど、わたくし今日のあなたを見ていて気づいたのよ。あなたは堂々としている方が楽しいって」

「それは、光栄です……？」

「可愛げを求めてたんじゃなかったの。そもそもわたくし、ライアンからスターリングの息子との話を聞いてあなたを気に入ったのだったわ」

きっぱりと言い切って、にっこりと笑う。

「だから次はもう一段階レベルを上げてみましょうかね」

「レベルを？」

なんだか嫌な予感しかしないが、オリヴィアが楽しそうなのを見ると、不思議とその期待に応えたくなってしまう。

「上げるというか、下げるというか。難しいところね。でもきっと楽しいわ」

弾むような声の抑揚は、こちらまで楽しい気分にさせてくれる。

私らしい部分を気に入ってくれているというのなら、変に殊勝なフリなんてする必要はない。

不穏な予感はひとまず脇に置いておいて、そう思うととても気が楽になった。

二度目のお茶会は、その翌週だった。

あの後すぐ、連日届く招待状の中からオリヴィアが選んで返事を出したらしい。

初回のあれは、オリヴィアの繋がりの中でも特に上等な人たちだったという。もちろん噂好きも多いが、人にはいろんな事情があっていろんなドラマがあると理解できている、想像力のある方たちなのだと彼女は言った。

私がどういう立場でオリヴィアとどんな関係があるのか、言わなくても察することは簡単だ。それくらい貴族間での噂の回りは速い。けれどそれらを知った上で、露骨な視線と質問を控えてくれる人たちばかりだった。

だけど今日はどうやらそう優しい人たちばかりではないらしい。

「確かに、前回はもっと突っ込んだことを遠慮なく聞かれると思っていました」

「そうでしょう？　たまに失礼な方も紛れ込むけれど、わたくしあの方たちが大好きなの」

ニコニコというオリヴィアも、間違いなくあの人たちから好かれている。

お茶会の中心は主催者の侯爵夫人ではなく誰から見てもオリヴィアだったし、侯爵夫人もそれが当然と思っているようだったから。

「あなたはどう思った？」

「カフェにお客様として来てくださったなら、上客中の上客ですね」

どうやらオリヴィアは自然体の私を好いてくれているようなので、思ったことを素直に伝えるとおかしそうにクスクスと笑った。

「そうね、彼女たちなら横柄な態度もとらず、金払いも良いでしょうね」

「しかも店を気に入ってくれたら、本当に信頼できるご友人にだけこそっと口コミでお店を紹介してくれそうです」

「もっとたくさん広めてくれる方がいいのではなくて？」

「いいえ。その方が次に来てくれる方も上客という好連鎖が続くことが期待されます。量より質です」

自信満々にそう答える。だって質より量を選んで大失敗した痛い過去があるから。

「あなたのそのなんでもカフェ経営に関連付ける思考回路、結構好きよ。たくましくて」

ふふふと上品に笑いながら、「でも今日は覚悟することね」と怖いことを言う。

「今日はそんな方たちばかりではないと？」

「ええ。今日は年頃の娘さんの多いサロンよ」

「なるほど。それは怖いですね」

若いご令嬢の集まりなら、感情のままに動いて私に敵意を向けてくる可能性も高い。

それにライアンとの縁談を夢見ていた子も多いだろう。噂を知っている令嬢なら、クリフォード公爵夫人と一緒にいる私の存在が面白くはないはずだ。

さぞ殺伐としたお茶会になることだろう。

敵意と嘲笑に満ちた視線には慣れていたが、それを受け止めるのは久しぶりだ。緊張はするが、昨日のお茶会ですでにそうなる覚悟をしていたので、やや気が抜けてしまっている。肩に余計な力が入っていない分、余裕をもって対応できそうなのが不幸中の幸いか。

もしかして、オリヴィアはそうなることも見越してお茶会の参加順を決めているのではないか。

ふとそう思いついて、主催者の屋敷に向かう馬車の中、そっと彼女の横顔を盗み見る。

すぐに視線に気づいたオリヴィアが、私を見て意味ありげに微笑んだ。

残念ながら私には彼女の真意を見透かすことができず、ただ彼女が美しいということしか分からなかった。


「わぁ、すごい。視線を独り占めですね私」

会場に入るなり好奇の視線を遠慮なく浴びせられて、思わず小声で言う。

「あら、わたくしだって半分くらいは集めているわ」

張り合うようにオリヴィアが小声で返してくる。

その声は笑いを含んでいて、冗談を言っているのだとすぐに分かった。

私の緊張と恐怖をほぐそうとしてくれているのだろうか。

だけどここまで不躾だと、いっそ清々しいくらいだ。

それはオリヴィアから見ても明らかなのだろう。

「素敵ね、きっとここにいる全員があなたの顔を覚えたわ」

「お義母さま、わたくし恐ろしくて倒れてしまいそうです」

「六十点。社交界デビューしたての坊ちゃんなら騙せても、わたくしは無理ね」

でしょうね。

声には出さず微笑みで返す。

「安心してちょうだい。わたくしがついていていてあげるわ」

「威嚇してくださるんですか？」

「いいえ、オーディエンスがいた方が盛り上がるでしょう」

オリヴィアは「頑張って」と言って、ほとばしる感情を瞳に乗せて真っ直ぐこちらへ向かってくる令嬢の方へ、トンと背中を押してきた。

恨みがましい目を向ければ、彼女は涼しい顔で我関せずを決め込むようにそっぽを向いてしまった。

社交界は華やかな場所と聞いていたけれど、どうやらここは戦場のようだ。しかも、味方が全然いない。

「あなた、見ない顔だけどどこの家の方かしら」

諦めて令嬢の方を見ると、彼女は挨拶もなく強気な口調で話しかけてきた。

好戦的な目はキラキラと輝いていて、後ろめたいことなんて何もないという顔だ。

実際、離れたところでコソコソこちらの様子を窺って陰口を叩いている令嬢方に比べれば、気になるところをズバッと聞いてくるこの子は、真っ直ぐな性質といえた。

「初めまして、フローレス・アークライトと申します」

「……私はケイトリン。ケイトリン・ブレイズよ。よろしく」

差し出された右手に、自分の右手を重ねる。

ブレイズということは、ブレイズ伯爵家のお嬢さんだ。確かクリフォード家にとっては敵でも味方でもなく、中立的な立場にあるはず。割と新しい家柄らしいので、家同士の力関係にあまり頓着がないのかもしれない。

「あなた、すごく噂になってる。庶民なんでしょう？　どうしてここにいるの」

あまりにストレートな物言いに、どう言い返そうかと身構えていたのが緩んでしまった。

「一応父が男爵なのだけど。ここじゃあんまり意味がないみたいね」

肩を竦(すく)めながら素直に身分を明かす。あえてくだけた口調にしたのは、その方が彼女と親しくなれる気がしたからだ。

「クリフォード公爵夫人と関係があるのね。コネを使って潜り込んだの？」

案の定、身分差も気にせず彼女は好奇心のままにズケズケと質問を続けてくる。この明け透けな、ともすれば失礼としかいえない態度も、彼女のキラキラした瞳にかかれば好感に変わってしまう。

「そうよ」

彼女に合わせるようにきっぱり肯定すると、背後でオリヴィアが小さく「んふっ」と噴き出すのが聞こえた。

「すごい！　一体どうやって？　あなたよっぽど運がいいのね！」

これだけ無遠慮なのに、悪意をまったく感じさせないケイトリンも別の意味ですごい。だけど彼女にそんな自覚はなさそうだ。

その後もケイトリンは思いのままに質問を投げてきて、そのおかげで他の悪意ある令嬢が近づけないでいる。

私は感謝の意を込めて、答えられる範囲で彼女の質問に答えることにした。

婚約発表が延期になっているので、ぼやかさなくてはならないところが多かったけれど、ケイトリンはこれ以上踏み込んでほしくないラインを見極めて引くのが抜群に上手かった。

「じゃあ、フローレスはこういう場所はあんまり慣れてないのね」

「そうなの。オリヴィア様に色々と教えていただいてはいるのだけど」

「聞くのと実際とは大違いよね。特にああいう……」

途中で言葉を切って、チラリと会場内に視線を走らせる。それから私に視線を戻すと、皮肉っぽくにやりと笑った。

「誰かを陥れたくて仕方ない人たちの怖さとか」

それがさっきまで純粋な好奇心を前面に押し出していた無邪気な彼女とは違って見えてハッとする。

こんなに明るい彼女だけど、これまで新興貴族と揶揄（やゆ）されて何度も嫌な目に遭ってきたのかもしれない。

「……もしかしてあなた、分かってて私の壁になってくれてるの？」

「やだ、そんなに親切じゃないわ。ただ興味があっただけ」

あっさり否定して、「これ美味しいのよ」と小さなケーキの載ったお皿を渡してきた。

「ただの庶民の私に興味があるなんて変わってるわ」

「クリフォード公爵夫人の後ろ盾を持った、グレタの友人で庶民のあなたにね」

思いがけず親友の名を耳にして、うっかりお皿を取り落としそうになる。

「ケイトリンあなた、グレタの友達なの？」

「ケイトでいいわ。ケイトリンが爽やかに笑いながら言う。

驚く私に、ケイトリンが爽やかに笑いながら言う。

どうやら私は知らないうちにまた親友に助けられていたらしい。

「でも不親切なのよあの子」

ケイトリンは苦笑しながら、私にくれたのと同じケーキをフォークでつついて言う。

「名前しか言わないんだもの。フローレスって子を見かけたらよろしくねって」

「アバウトすぎるわグレタ……」

「私が好奇心に負けるって分かってたのね。悔しいったらないわ」

ちっとも悔しくなさそうに、笑いながら言うケイトリンはとても可愛らしい。

「じゃあ私たち二人とも、グレタの手のひらで踊らされてたってわけね」

憤慨したように言うと、やはりまったく憤慨していないのを見抜いたのか、ケイトリンが「今度会ったらただじゃおかないわ」と笑って言った。

こうして二度目のお茶会も、ごく平和に幕を閉じたのだった。

「あなたビックリするくらいピンチに陥らないわね」

クリフォード公爵邸の談話室でのんびり紅茶を飲みながら、オリヴィアが呆れたように言う。

「ありがたいことに、周囲の人に恵まれているようで」

今は夜で、店の営業を終えたあとの疲れた身体にジェフリーの美味しい紅茶がじんわり染みた。

「プレッシャー満載のお茶会にカフェ営業に、それから従業員教育？　ライアンより忙しいのではなくて？」

「それはさすがに言いすぎです。けど、ミドルクラスは身体が資本なので」

卑屈ではなく胸を張って言えば、なるほどとオリヴィアが感心したように頷いた。

ただ、確かに店には通っているが、ありがたいことに毎回ジェフリーが馬車を手配して送り迎えをしてくれている。

それに今は週休二日だし、朝のうちに豆の焙煎と在庫管理と午前の営業を終えたあとはレイチェルたちの報告を聞き、予約状況を確認して、特に問題がなさそうであれば午後の営業はほとんど任せてしまっている状態だ。

最初の頃は心配も不安もあったけれど、任せられているという状況が彼らの責任感を後押ししたのか、驚くほど二人の成長が著しいのだ。

対貴族教育を本格的に始めてから一ヶ月も経つ頃には、仕事ができるようになっただけでなく表情も別人のように引き締まっていた。

「従業員教育も、もうほとんど必要ないくらいなんです」

「人を育てるのが上手いのね」

「そうですと力一杯頷きたいところですが。こればかりは本人たちの資質によるものですね」

謙遜ではなく本気でそう思う。

あの二人ならきっと、私が雇い主でなくともいずれ頭角を現していたはずだ。だからどうせ褒められるのなら、彼女たちを見出したこの人を見る目を褒めてほしかった。

「そうね。あなたは人の本質を見抜く目が備わっているみたい」

「……オリヴィア様は人の心を見抜く力をお持ちのようで」

望む言葉を言い当てられてひやりとする。それを誤魔化すために咄嗟に言い返したけれど、それはデタラメではなく、ずっと思っていたことだ。彼女は人が欲しいと思っている言葉を正確に与えてくれる。もちろん思ってもいないことは言わないだろうから、ただ素直なだけと言えなくもないけれど。

彼女を人気者たらしめているのは、その美貌でも家柄でもなく、その能力によるところも大きいはずだ。

「それで、貴族の生活はどう？　少しは慣れたかしら」

「そうですね、以前経験した時よりはずっと楽しめています」

店の営業をする傍ら、社交界でのマナーや貴族の妻としてすべきことや敵味方への対処法なんかを学ぶのは大変だ。一日の中で、カフェ店員として貴族のお客様に接する時間と、貴族見習いとして貴族に接する時間があるせいで、たまに混乱したりもする。

けれど、間違いなくスターリング家を相手にしていた時よりは前向きに取り組めていた。

「あの時は本当に嫌で仕方なくて、ただいつか絶対見返してやる、後悔させてやるという執念のみで動いておりましたので」

「ほほほ、その時のあなたを間近で見ていたかったわ」

従順なフリで復讐の機会を虎視眈々と狙っていたのだ。きっとさぞお楽しみいただけたのではないかと思う。

「私も、オリヴィア様が近くにいらしたらよかったのにと思いました」

「それで二人で計画を練るのね」

「もっと効率的で効果的な手段を思いついたでしょうね」

ライアンの言う通り、彼女は本当にこの話が好きらしい。当時の詳細を聞いては生き生きと「そういう場合はこうした方が良かったわね」「その方法は最適だったわ」と教えてくれるし、私も「次があったら是非そうしよう」と思えて楽しかった。

あの時は最善を尽くしたつもりだったけれど、彼女のアドバイス通りに動けていたら、その後の面倒事は起きなかったかもしれない。

「孤立無援の中、本当によく頑張ったわね」

「今思い返すと、かなりの無茶をしたなと分かります」

貴族の生活を味わって、お茶会だけとはいえ社交界に身を置いて、彼らのことを学べば学ぶほど彼らの権力の大きさを思い知る。当時は上手く乗り切ったつもりだったけれど、たまたま運が良かっただけなのかもしれない。

「貴族の世界はいかに味方を多く作るかよ。上辺だけではなく、ね」

「私にできるでしょうか。まだブレイズ伯爵令嬢しかまともにお話しできていませんけど」

しかもケイトリンはグレタのナイスアシストがあってこそだ。私の力とは言い難い。

「そうね、それじゃあ明日はそこを試してみましょうか」

「え」

どういうこと、と戸惑う私に、オリヴィアがニヤリと笑った。

そしてそれ以上は何を聞いてものらりくらりとかわされてしまうのだった。

今、私の前には敵意むき出しの令嬢たちが眦（まなじり）を吊り上げて立っている。

会場に入ってすぐはオリヴィアのオーラに気圧（けお）されて控えていたようだが、彼女が席を外した途端あからさまに態度を変えてきた。

今日のお茶会は前回よりもさらに若い女性が多く、オリヴィアともあまり親しくない様子だった。

なるほど、それを分かった上でこのお茶会に参加を決め、さらにわざと席を外したのだろう。

すぐにそう察しがついて、試されているのだと理解した。

彼女たちはオリヴィアが会場から姿を消したことに気付くやいなや、嫌な笑みを浮かべながらヒソヒソとこちらに不快な視線を寄こしてきた。けれど私が気にせずオリヴィアの知人のご婦人と話しているのが気に食わなかったのだろう。見下しきった笑みで近づいてくる彼女たちに、戦闘開始の合図を感じて婦人から離れる。

巻き込まないために移動したのを、逃げたとでも思われたのか、彼女たちは少し速足で私を囲い込んできた。

「ごきげんよう」

「……ごきげんよう」

優雅な動きで囲まれたのが少し面白くて、笑いそうになるのを堪える。

それを見咎めたのか、私の正面に立つリーダー格と思われる女性のこめかみがピクリと脈打った。

だけど相手も失礼な態度をとっているのだから、これくらいは許されるだろう。

「初めましてですわね。挨拶がありませんでしたけど」

それにしてもすごい美人だ。オリヴィアとはまた違う種類の美しさだけど、そこにいるだけで価値を生み出すという意味では並ぶレベルかもしれない。

華やかな容姿に、自信に満ち溢れた表情。それに取り巻きらしき女性たちの「自分たちは絶対的に正しい」と思い込んでいる者特有の顔。

たぶん彼女は若手貴族の中では有名なのだろう。社交界デビューしたばかりの令嬢なら、彼女にまず気に入られなくてはならないという暗黙のルールでもあるのかもしれない。

そう察しはついたけれど、残念ながらオリヴィアが面白がって何も教えてくれなかったので、彼女が誰なのか私は知らなかった。

「挨拶でしたら、ウィンスロー子爵夫人にいたしましたけど」

だからあえて何も気づかなかったフリで首を傾げる。

ウィンスロー子爵夫人とは今日のお茶会の主催者だ。普通であれば、招待されたお茶会では最低限主催の女性に挨拶をすれば済むはずだ。

「まあ、この方、常識がないみたい」

嘲笑交じりにリーダーの隣の女性が言う。

「マリアンナ様がいらっしゃる時は、誰が主催であっても挨拶に来るのが筋というものでしょう」

今度は逆鱗の女性が似たような表情で肩を竦めた。

なるほど、ここで商売をしたいなら商工会だけではなくその地域のボス格の人にも挨拶をしておけ、みたいな感じね。

自分なりに納得して、リーダー格の女性を見る。

マリアンナという名には聞き覚えがあった。他にも同じ名前の令嬢はいるけれど、この強者感からいっておそらくペンブルトン侯爵家のご令嬢だろう。クリフォード家、スターリング家の二大公爵に次ぐ権力と歴史を持つ、由緒正しき家柄だ。

「それは申し訳ありませんでした。恥ずかしながら、社交界には疎くて」

これがオリヴィアの期待するピンチというわけね。

そんな場合ではないというのに、なんだか少しワクワクしてきてしまった。

だとしたら、席を外したフリでどこか別の部屋からここの様子を窺っているなんてこともあるかもしれない。

別室でオペラグラス片手に優雅にお茶をしているオリヴィアがいる気がして、つい大きな窓の外をチラリと捜してしまう。

「疎い？　ほほほ、そうでしょうね。だってあなた、ねぇ？」

マリアンナが小馬鹿にするように言って、両隣の女性に同意を求める。彼女たちはクスクス笑いながら「ねぇ？」と言い合っていた。

これは私が何者か確実に知っているわね。

その上で牽制しにきているのだ。あなたには社交界なんて合っていないと。

庶民のくせに公爵夫人と図々しくお茶会なんて来た私が気に食わなくて、泣かせてやろうくらいには思っているかもしれない。

さっき逃げたように見えてしまったのも、彼女たちの強気に拍車をかけているようだ。

「何も分からないのも仕方ありませんわ。知らないことばかりでしょう？　だってここにはあなたに相応しくないものばかりだもの」

右隣がせせら笑うように言う。

「お茶もお菓子も、お身体に合わなくてお腹を壊してしまうのではなくて？」

「コーヒーなんて見たことないでしょうけど、珍しいからって意地汚く口にしたらきっとびっくりしてしまうわ」

左隣が口元に手を当て可愛らしい仕草で言う。

確かにここに並ぶお菓子は王都の高級店のものばかりで、庶民の手には届かない。

けれど残念ながら、グレタがよく「市場調査」という名目で色々差し入れてくれるから、どれがどんな味でどこの店のものか判別できるくらいには知っていた。

「あらそれは大変。よろしければお化粧室の場所を教えてさしあげましょうか？」

それからマリアンナがトドメのように言う。

優しい口調で心配しているような顔ができるなんてなかなか芸達者だ。両隣のコンビネーションもばっちりだし、今までもこうやって立場が下の令嬢たちをいじめてきたのだろうか。

「お気遣いありがとう存じますペンブルトン様。今のところは大丈夫そうです」

「あら……私のこと、知ってらしたのね」

ファミリーネームを言い当てられて、彼女は意外そうな声で表情を和らげた。

「ええ。社交界の華と称され、いずれクリフォード公爵夫人を凌ぐだろうと」

これはオリヴィア情報ではなく、グレタ情報だ。「凌ぐも何も、年代が違うんだから比べようもないのにね」と顔を顰めていたっけ。

「そっ、それは言いすぎ……」

とりあえずこの場をやり過ごそうと選んだ言葉に、マリアンナが頬を染めて視線をさまよわせ始める。

「……そうでしょうか。オリヴィア様も『すごく可愛いのよ』と仰ってましたし」

「えっ、それ本当ですの？」

マリアンナが身を乗り出すように一歩近寄ってくる。

なんだろう、喜んでいる。これは間違いなく喜んでいる。

え、なんで？　美人とか可愛いとか、散々言われ慣れてるんじゃないの？

「それで、オリヴィア様は他になんて？」

もしかしてこの方、オリヴィア大好きっ子なのでは？

そんな疑惑が頭をよぎる。

他の取り巻きたちはともかく、少なくとも彼女はライアンではなくオリヴィアのことで私に嫉妬しているのかもしれない。

「マ、マリアンナ様……？」

すっかり話の目的が変わってしまったことに気づいたのか、取り巻きたちが戸惑った顔でマリアンナに呼びかける。

「マリアンナ様、良かったらあちらでコーヒーでも飲みながら、オリヴィア様の素晴らしさについてお話ししませんか？」

「それはとても有意義な試みね」

取り巻きたちに正気に戻される前にとマリアンナを誘ってみると、あっさりと応じてきた。

結構単純な人らしい。

「マリアンナ様！　本来の目的をお忘れにならないで！」

けれどさすがに見逃してはくれず、焦った取り巻きたちがマリアンナの腕を摑んで強引に止めにきた。

「そ、そうね。そうだったわ。危うく惑わされるところでした」

マリアンナがハッとした顔で軽く頭を振る。

「恐ろしい人……あの方の言っていたことは本当だったようね」

「さすが公爵令息を手玉に取るだけのことはあるわ」

「手玉に取った覚えはありませんが」

取り巻きたちの言葉をきっちり否定しつつも、目的と言っていたのが少し気になって首をひねる。

単に私が気に食わなくていびりに来たのかと思っていたけれど、なんだか別の用件がありそうな言い方だ。それに「あの方」って誰のことだろう。

「ねぇ、それって」

「フローレス！」

「え？」

一体どういうことなのか質問しようと口を開いた瞬間、弾むような声に名前を呼ばれて反射的に振り返る。

「やだ！　本当にフローレスなのね!?　面白ぉい！」

「ホントだ！　ドレス着てる！」

「え～、変な感じ。でも似合ってるわ」

「ちょっとあなたたち、もう少し声を抑えなさいよ」

「フィオナ様!?　それにアデリー様たちも！」

かしましさに圧倒されそうになりながら、驚きに思わず目が丸くなる。会場の扉を開け放った向こうで騒いでいるのは、うちの店の常連である貴族令嬢四人組だったから。

「すごい、こんなこともあるんですねぇ」

ほぼ放心状態でそんな呟きを漏らす。

確かに社交界にいれば、客層のターゲットのひとつである貴族令嬢グループに遭遇することもあるだろう。そこまで考えが至らなかったのは、自分が思っている以上に気が張っていたからかもしれない。

「私たち、あなたがこのお茶会に参加するって情報を摑んだから、予定を変更して来ることにしたの」

「だからちょっと遅れちゃった。ウィンスロー子爵夫人が優しい方でよかったわ」

きゃあきゃあとはしゃぎながら、フィオナたちが駆け寄ってくる。マリアンナたちの存在には気付いているようだが、あえて無視して割り込んでくるあたりが頼もしい。確かフィオナもマリアンナと同等程度の力を持つ侯爵家の娘だから、彼女のことが怖くないのだろう。むしろマリアンナの方がフィオナのことを苦手としているのか、嫌そうな顔で一歩引いたほどだった。

「ねえ、ライアン様と婚約したって本当？」

「クリフォード公爵のところで花嫁修業してるって聞いたけど」

「オリヴィア様がそんなことするわけないって信じてるけど、いじめられたりしてない？」

「申し訳ございませんが、すべてノーコメントとさせていただきます」

次々浴びせられる質問に、ついいつもの店員の態度で言ってしまう。

彼女たちは常連客の中でも特に噂好きで、たびたび「あなたは何か聞いてない？」と無邪気に情報漏洩を求めてくるのだ。

もちろん彼女たちは本当に答えてもらえるなんて思っていない。単に会話のアクセントが欲しくて、戯れに聞いてくるだけなのだけど。だからこの返答は私のいつものパターンだ。

「やぁだフローレスったら！　今日はお客と店員じゃないのよ」

いつもそう返す時と同じようなテンションでフィオナたちがドッと笑う。

もはやこの場は完全に彼女たちのペースになっていて、マリアンナたちは何度も会話に割り込もうとして失敗していた。

「ねぇあっちで話しましょ！　ずっとフローレスと同じテーブルでおしゃべりしたいと思っていたの」

フィオナが私の手を引いて、マリアンナから引き離そうとしてくれるのを感じて素直に誘いに従う。

「嬉しいです。私も加わってみたいと思っていたので」

実のところ、いつも店で楽しそうに話している彼女たちともっと仲良くなりたいと思っていた。

もちろん貴族と庶民という越えがたい身分の差があったから、口にすることなく諦めていたけれど。

「さっきの質問、全部答えてもらうから覚悟してちょうだい」

「困りますお客様。今日はお代をいただいていないので」

「まあ！　ちゃんと払っても何もしゃべってくれないくせに！」

生意気な店員ね！　と笑いながらフィオナが言う。

マリアンナたちはそんな私たちを悔しそうに見送るだけで、その後話しかけてくることはなかった。

初日はオリヴィア、二回目はケイトリンに、そして今回はフィオナたちに守られて。

結局一度も痛い目に遭わないままだ。我ながら本当に恵まれていると思う。

同じ公爵令息との婚約だというのに、リカルドの時とはあまりに違っていて戸惑うほどに。

◇◇◇

「やっぱり婚約相手の器の違いだと思うの」

『……どういうこと？』

通信機の向こうから、ライアンの困惑した声が聞こえてくる。

「だからね、あいつの場合はあいつ自身に敵が多かったじゃない？　それにちょっと、ううんだいぶ？　思慮が足りてないから『変な女につけ込まれた』ってすぐ思ったのよ。だから私を見る目が最初から厳しかったんじゃないかしら」

今日のお茶会で思いついたことを早口で捲し立てる。時間が足りないのもあるけれど、リカルドの話なんてあまりゆっくりしたいものじゃない。

「その点ライアンは周囲からの信頼度が抜群だし、ご両親への根回しをしっかりしてくれてたから、すごく優しくしてくれるし守ってくれる。それにライアンが選んだ女性なら、って頭から否定してくる人がすごく少ないのよ」

リカルドとの婚約時と今の空気感の違いについて、考えた末に私はそう結論づけた。

『そんなふうに褒められると、その場で直接守れないことが申し訳なくなるよ』

「あらどうして？　その場にいなくても守られてるって感じて幸せって話よ」

『けど、今フローレスを実際に守っているのは母だからなぁ』

ぼやくように言うのがなんだか可愛らしくて、思わず笑顔になってしまう。

『多分フローレスのことをフィオナさんたちの耳に入れたのは母だろうし』

「やっぱりそう思う？」

『ああ。なんだったらペンブルトン嬢がフローレスに絡んでくるのを見越した上で今日の参加を決めたところもあるだろうし』

「ええ？　さすがにそこまでは……」

そう言いかけて、お茶会が終わった後のオリヴィアの様子を思い出す。

ニコニコと「今日はどうだったかしら」と聞いてきたあの顔は、全部知っているのよという顔ではなかったか。しかも戻ってきたタイミングも、ちょうどマリアンナたちが完全に諦めたと思われる時だった。そして極めつけは「わたくしはすっごく楽しかったわ」と上機嫌に言ったあの笑顔。

小声で「予想よりもね」と付け足したのも聞き逃していない。

「でも、オリヴィア様は席を外していたのよ？」

『おそらく、なんらかの魔道具を使ってるだろうね。別の場所を覗き見れるような』

「なにそれ私も欲しい」

ライアンの言葉を聞いて、オリヴィアの企みよりもその魔道具の方が気になってしまった。明日オリヴィアに見せてほしいと頼んでみようか。

『君と母はよく似ているみたいだ』

密かに画策しているのを見破られたのか、ライアンが苦笑しながらそんなことを言う。

何かを企まれていようが、私で遊ばれようが、この数週間ですっかりオリヴィアのことが好きになっていたので、そう言われるのも悪い気はしなかった。

「ちょっとあなた。今日こそは逃さないわよ」

「これはペンブルトン様。そういえばまだ名乗っていませんでしたね。大変失礼いたしました」

今日も元気にマリアンナが絡んでくる。この前の取り巻きとはメンバーが少し変わっているが、彼女たちも一様に好意的とは言い難い。

「必要ないわ。フローレスでしょう？　何者でもない、ただのフローレス」

家名なんて聞く必要ないわとばかりにマリアンナが言って、それに呼応するように取り巻きたちが嘲笑する。

今のは暗にライアンとの婚約も認めないと言っているのかもしれない。

とにかくとても分かりやすい構図だ。

チラリと遠くにいるオリヴィアに視線を向けると、彼女はワクワクとこちらを見ていた。

「何者でもないにも拘（かかわ）らず差し出がましいことを申しますのをお赦（ゆる）しいただけるでしょうかペンブルトン様」

「身の程を知っているようで結構。それで、なんなの？」

「オリヴィア様がこちらを見ています」

「ええっ!?」

言った瞬間マリアンナがキョロキョロと会場内を見回す。それからオリヴィアの視線が確かにこちらに向けられているのを確認して、一瞬顔を引き攣らせた。

「差し支えなければ、仲の良いフリをいたしませんか」

「なによ、一体どういうつもりで」

「オリヴィア様はどれだけ苦手な相手でも、それを誰にも気づかせないのが一流の貴族だとおっしゃってました」

「マリアンナでよくてよ」

私の提案に、マリアンナは即座に手を差し出し笑顔で握手を許可してきた。

本当に素直な人だ。固い握手を交わす私たちを見て、取り巻きたちが困った顔をしている。

「あらマリアンナ様、ごきげんよう」

背後から別の声が割り込んだ。その瞬間、マリアンナの手がパッと離れる。

「……ごきげんよう、リリア様」

聞き覚えのある声にまさかとは思ったけれど、振り返って確認するまでもなくマリアンナの口からあっさりその答えが出て、思わず顔をしかめてしまう。

「あら？　そこにいるのはもしかしてフローレスじゃない？」

気づかないフリで「私はこの辺で」と逃げてしまいたかったが、名前を呼ばれてしまっては仕方ない。

「お久しぶりです、リリア様」

「やぁだ上品ぶっちゃって。前みたいに呼び捨てでいいわよ」

振り向いて笑顔で挨拶すると、上から目線を隠しもしない尊大な態度でリリアが笑った。

レイチェルたちが仮想敵として挙げていたお貴族様の特徴を、これでもかと体現している。

「リリアは相変わらずみたいで嬉しいわ」

「あなたも相変わらず庶民丸出しね」

すぐに笑みを消して呆れ顔で言えば、露骨に不機嫌になったリリアが不快そうに顔を歪めた。

なんだか最後に会った時よりさらに品性を欠いている気がするのだけど気のせいだろうか。

学生時代はもっと上手にお淑やかを装っていたと思うのだけど。

私たちの通っていた学園は貴族が中心だったけれど、入試の成績が優秀であれば庶民でも入学できた。数は少ないながらも庶民が存在していたのに、プライドの高い貴族の中には庶民の学生をいないものとして無視するものもいた。

リリアはその中でも特殊で、友好的なふりで近づいては言葉の端々に嘲笑を滲ませ庶民のコンプレックスを刺激する性格の悪さだった。

「まさかこんな場所にまで紛れ込むなんてね。そんなに貴族の暮らしが羨ましかったのかしら？」

ふんと鼻を鳴らしながら見当違いのことを言うリリアの横で、マリアンナたちが気まずそうにしている。

「人間には生まれながらの格というものがあるのよ。それを貴族に取り入って格上げしようなんて。

本当に浅ましい人」

ねえ？　とマリアンナたちに同意を求めるように見回しながらリリアが言う。

彼女たちはぎこちない笑みを浮かべながら頷いた。

確か、リカルドと結婚する前はリリアの方が彼女たちよりも立場が下だったはず。けれどリカルドと結婚することによって公爵家に格上げされて、名目上はリリアの方が上になった。

もしかしてこれは私への攻撃に見せかけた自己紹介だろうか？

「昔からそうよねあなたって。よりにもよって公爵家嫡男である私の夫に色目を使ってたんだもの。厚かましいにもほどがあるわ」

「そうね。身の程を知って、身を引いて良かったと思うわ。本当に。心から」

確かにリカルドは公爵家嫡男で、ハタから見れば優良物件だろう。

だけどそれさえも『当時は』という枕詞（まくらことば）がつく。今やスターリング公爵家は誰の目から見ても落ち目としか言いようがなく、リリアのこの傲岸不遜（ごうがんふそん）な物言いもはやただの虚勢に見えてしまう。

だいたい順序が逆だ。リリアの婚約者に色目を使ったのではなく、私の婚約者をリリアが誘惑したのが事実なのに。きっとマリアンナたちにはそう説明しているのだろう。

「負け惜しみね。私と彼との絆（きずな）を引き裂くことができなくて諦めただけのくせに。あなたの姑息（こそく）な手段のせいで、どれほど私が苦しんだことか」

リリアが芝居がかった仕草で自分の胸元を押さえて涙ぐむ。

二人の絆もなにも、私とリカルドが婚約した後に嬉々として割り込んできたのを忘れているのだろうか。

「そうねごめんなさい。もうしないわ。一生ね」

けれど混ぜ返すのも面倒で、棒読みで反省の言葉を口にする。

「認めたわね。聞きましたでしょうマリアンナ様。この人はそういう人なのです」

「やはりそうやって次はクリフォード様に取り入ったのね……」

ガッカリしたような顔でマリアンナが言う。

「許せない！　私たちだって憧れていたのに！」

「釣り合わないからと耐えたのに！」

「あなたなんか全然相応しくないわ！」

「どうせ身体を使って誘惑したんでしょう。汚い人」

それに続くように、取り巻きたちが私を責め始める。その横で、リリアが満足げな顔をしていた。

なるほど、だから目的がどうのとか言っていたのね。

どうやらマリアンナたちは、リリアにあることないこと吹き込まれた上で私を社交界から追い出すよう仕向けられていたようだ。

「その上この女はクリフォード様に庶民落ちまでさせる気ですのよ」

「ありえない！　この恥知らず！」

「あんな高貴なお方の足を引っ張るなんて！　何様のつもりなの!?」

リリアに煽られて、取り巻きたちが勢いを増す。

だけど自分で言っておかしいと思わないのだろうか。

私がリリアの言う通り貴族に憧れているのなら、ライアンに継承権を放棄させるメリットなんて何もないのに。

なんでもいいから私を悪者にしたいのだろうけど、もう少ししっかりした理屈を考えてから出直して欲しい。

「オリヴィア様をどうやって騙したのか知らないけれど。あの尊いお方の障害になるようなら容赦しませんわ」

怒りに燃えた目でマリアンナが言う。さっきまでの簡単に絆されそうな雰囲気はなくなっていた。

けれどマリアンナの言う尊いお方はといえば、別のテーブルで盛り上がってきたとばかりに目をキラキラ輝かせてこちらを見物していた。

ふむ、ここはいいところを見せなくてはならないかしら。

「ちょっと聞き捨てならないわね」

「……またあなたたちなの」

私が口を開くより早く割り込んできた声の主を見て、マリアンナがうんざりしたように言う。そこにはカフェ常連のフィオナたちがいた。

「言わせてもらうけどね、クリフォード様は偶然フローレスのお店に来て、自然に仲良くなっていったのよ！」

「そうよ！　じっくり時間をかけてね！」

「時間がかかりすぎて歯痒いくらいだったわ！」

「何度『あなたたち両思いよ』って言いたかったことか！」

「ちょっと、なんの話をしているんですか皆さん」

彼女たちは一度店がおかしくなる前から通ってくれている貴重な古参客だ。

だからライアンが初めて店に来てくれた時のことも知っているし、そこから距離を縮めていくまでの一部始終を見ているのだ。だけどまさかそんな風に思われていたなんて。

「だって誘惑だの取り入るだの、馬鹿みたいな話が聞こえてきたから」

「もどかしいほど健全な会話しかしてないの、みんな知らないんだわ」

「子供かってくらいウブだったわよね」

「あの、どうかもうやめてください」

自分の恋愛事情を思いがけず公衆の面前で暴露されて赤面してしまう。

確かにお互い奥手だったし、まさか好きになってもらえるなんて思っていなかったから、自分から積極的にアプローチすることもなかった。

その懊悩をバッチリ見られていたのかと思うと、恥ずかしくて仕方ない。

「なによあなたたち、関係ないんだから入ってこないでよ！」

「あなたたちの方こそ無関係じゃない。ご自分たちがクリフォード様にまったく相手にされなかっただけのくせに、わきまえてるみたいに言っちゃって」

「なっ、ちが、私たちはライアン様の将来を思って！」

「ほら出た名前呼び。私、あなたがクリフォード様に名前呼びしてやんわり断られたの知ってるんだから」

マリアンナの取り巻きとフィオナたちの丁々発止（ちょうちょうはっし）とした言い合いに、疎外感を感じて遠い目になってしまう。

これはリリアが私に吹っかけてきた喧嘩のはずなのに、場外戦もいいところだ。

居心地悪くリリアの顔色を窺うと、思い通りにいかないことに腹を立てている様子だ。ついでにマリアンナはどうだろうと見てみると、なんだか困惑した顔でリリアと私の顔を見比べていた。

「今日のお茶会はとても盛り上がっているようね」

唐突にクスクスと涼やかな笑い声が聞こえてきて、言い合いがピタリと止まる。

「こんなことなら仕事なんて放り出して、もっと早くから参加すれば良かったわ」

「まあ！　ライトマン様！」

「いらしてたのね！　ずっとお会いしたかったんだから！」

フィオナたちがパッと顔を輝かせて、声の主の方へ駆け寄っていく。

「ずいぶん楽しそうね。私も交ぜてもらっていいかしら、フローレス」

上品な微笑みの下に、本気で楽しそうな気配を上手く隠しながらグレタが言う。

「……ええもちろんよグレタ。私があなたの頼みを断ると思う？」

昨日店に来てくれた時には、今日のお茶会のことなんて一言も言っていなかったのに。その時に、最近本当に忙しくて社交界に出る暇がないと言っていたのはなんだったのか。

間違いなく私を驚かせるためだろう。だとすれば控えめに言って大成功だ。

「お二人はお知り合いですの？」

私とグレタが親しげに話し出したのを見て、マリアンナが驚いたように言う。彼女とグレタは面識があるらしい。とはいっても異常なほど顔が広いグレタのことだ。マリアンナだけでなくここにいるほぼすべての貴族令嬢たちと知り合いなのだろう。

「ええ、学生時代からの親友ですわ。マリアンナ様もフローレスと仲良くなったようで嬉しいです」

まったくそうは見えないだろうに、グレタが断定口調で言う。マリアンナは気まずそうに口ごもった後で「そうですわね」とぎこちなく微笑んだ。

グレタは交友関係が異様に広いだけでなく、格上だろうと格下だろうと関係なく慕われるという稀有(けう)な性質を持っている。マリアンナもグレタに対して好意的なようで、嫌われるようなことは言いたくないのだろう。

「グレタさんの親友、ということは、彼女の悪い噂もご存じですよね」

それでももしグレタが私の悪評を知らないなら、教えてあげるべきだという正義感が働いたらしい。おずおずと進言するマリアンナに、グレタが笑顔を返す。

「ふふふ、もちろんです。でも、的を外れた愉快なものばかりで、一体どこから流れてきたものなのか不思議なくらい」

そう言いながらグレタがチラリとリリアを見る。

それに気づいたリリアが、露骨に目を逸らした。

「そういえば、グレタさんはリリア様ともご学友でしたわね」

「ええ、まったく親しくはありませんでしたけど」

「ぐっ」

爽やかな笑顔で言い切るグレタに、リリアが低く呻いて表情を歪ませた。

リリアが学園でも人気者だったグレタに取り入ろうとして、何度も失敗していた日々が懐かしい。

「ねぇ、私たちもライトマン様とお話ししたいわ」

「テーブルを近づけてもいいかしら？」

どうやらグレタは私が思っている以上に社交界で人気者らしい。こうしている間にも、グレタと話したくてウズウズしている令嬢たちが後を絶たない。

「じゃあ皆さんで大きなテーブルに移りましょうか」

グレタの提案に、彼女のもとに集まってきた女性たちが嬉しそうに賛同して、近くにいた使用人たちを呼び寄せテキパキと移動の準備を始めた。

「ちょっと！　勝手に決めないでくれる!?」

話題の中心をあっさりグレタに奪われて、不機嫌全開のリリアがその場に水を差すように強い口調で言う。

「あら、あなたに許可をとる必要がどこにあるの？」

グレタが本気で分からないという顔で言って、小首を傾げる。

「誰もあなたのことは誘ってないもの。お好きな席へどうぞ」

「なっ」

「そうね。あなたは私のことが嫌いみたいだし、別のテーブルの方がきっと楽しいわ」

グレタに同調するように言えば、事情を察してくれているフィオナたちも「そうよ」「それがいいわ」「席が足りなくなっちゃうもの」と追い打ちをかけてくれた。

「フン！　なによ！　言われなくてもあなたたちと同じ席になんか着かないわ！」

憤然と言って、リリアがくるりと背を向ける。

どうやら上手く追い払えそうだ。ホッとする私に、グレタがぱちんとウィンクを送ってきた。

「今まで忘れてたけど、そういえばグレタって貴族のお嬢様だったわね」

気が抜けてそんな軽口を叩けば、グレタが心外そうに片眉を上げた。

「まったくもう、マックスみたいなこと言って。身体の芯からお嬢様なのに、一体どうやったら忘れられるっていうの？」

普段は王宮勤めで動きやすいワンピースばかりのグレタも、社交の場ではしっかり流行のドレスに身を包んでいて、櫛を通すだけのボブカットも美しいヘアアクセサリーで綺麗にまとめられている。言葉遣いもいつもよりずっと丁寧だし、仕草まで上品で、油断すると私まで見惚れてしまいそうになる。

「普段からその格好でいればいいのに」

「このヒールで動き回ったら三歩で転ぶ自信があるわ」

そんな彼女が私の親友だなんて、誇らしいのと同時になんだかくすぐったくて、小声で冗談を言って笑い合う。

「ねえ、あなたのお話も聞きたいわ。その、嫌な意味じゃなくて」

私たちの向かい側に座った令嬢が、遠慮がちな微笑みを浮かべながら控えめに言う。

「私も！　できれば素敵な殿方に見初めていただけるコツなんかも教えてほしいですわ！」

この機会を逃すものかという勢いで、別の令嬢が言う。

さらにそのあとに何人かの若い令嬢たちが「私も！」と続けた。

「知らなかったでしょうけど、フローレスの噂を聞いて身分差を超越した幸せな結婚を夢見る子が増えたのよ」

グレタがコソッと耳打ちで教えてくれる。

確かに庶民の娘と公爵令息の結婚なんて夢物語だ。私だってライアンと出会わなければ、そんなことが自分の身に起こるなんて考えたこともなかった。

いや、その前にリカルドとのことがあったけど、あれは災害のようなものだったからまた話は別だ。

下級貴族のご令嬢が、格上の男性との結婚を本気で夢見るための後押しにはなっただろう。

その噂の渦中である私に話を聞きたいという気持ちは理解できた。

どうやらライアンとの婚約を面白く思っていない人ばかりではないようだ。

ただ、それもグレタが直接私を親友と認めてくれたからこそだろう。それがなければ、おそらくリリアが流したであろう「貴族をたぶらかす悪女」という噂とどちらを信じればいいのか判断がつかなかっただろうから。

グレタの登場で、この場の風向きが明らかに変わったのを私は感じていた。

「そうだフローレス、私たちあなたが淹れたコーヒーが飲みたくて、今ここの使用人にコーヒー用の器具を持ってきてもらえるよう頼んでいるの」

フィオナが言うのとほぼ同時に、使用人がワゴンでコーヒー用の器具一式を運んでくる。

「それでちょっと遅くなっちゃったのよね」

「あんなのに絡まれて、フローレス可哀想(かわいそう)」

「そんな！　とても助かりました」

私たちが遅れたせいでごめんなさいねと謝ってくれるけれど、割って入ってきてくれただけで十分すぎるくらいだ。

「ねぇ、これって何に使うものなのかしら？」

私の前に並べられたそれらを、同じテーブルに着いた令嬢たちが興味津々に観察している。

「コーヒーを淹れる道具よ。フローレスの特技なの」

「フローレスさんが淹れてくださるの？」

「私は構わないけど、皆さんはいかがかしら……」

無邪気に問われて戸惑う。

「私、コーヒーはあまり得意ではないのですが大丈夫かしら」

「私も実は……」

コーヒーは紅茶よりも高価だが、この国では歴史が浅く、馴染(なじ)みがないために苦手という人は多い。特に女性は冒険したがらない人が多いから、一度も飲んだことがないという人もいるかもしれない。

「フローレスが淹れるコーヒーは格別に美味しいから、初めてでもきっと大丈夫よ」

グレタが安心させるようにそう言えば、令嬢たちが次々に「飲んでみたい」と言ってくれた。

「マリアンナ様はコーヒーはお好きですか？」

リリアの方へ行くべきか悩んでいるのだろう。立ち尽くしたままのマリアンナに声を掛けると、びくりと肩を跳ねさせた。

彼女はいわばリリア派閥の人間だ。素直な性質を利用して、リリアが味方に引き入れたのだろう。けれどリリアとグレタ、そして私の言動を目の前で見て、何が真実か分からなくなって揺らいでいるようだ。

「別に、嫌いではないけれど……」

「マリアンナ様！　早くこちらへいらっしゃいな」

困った顔で私の質問に答えながら、ヒステリックに彼女を呼ぶリリアの反応を気にしてチラチラと視線を向ける。

「好きになっていただく自信があります。どうぞこちらにいらしてください」

笑顔で誘うと、グレタが私との間にある椅子を引いてマリアンナに手招きした。

「……先日は機会を逃してしまったけれど、今日こそはオリヴィア様のお話を聞かせてちょうだいね」

少しの躊躇（ちゅうちょ）のあと、意を決したような顔でマリアンナが言って、こちらへ一歩踏み出す。

リリアが何度も彼女の名前を呼んだけれど、マリアンナがそちらを見ることはもうなかった。

夕食後、オリヴィアと今日のお茶会についての感想戦を終えて滞在している部屋に戻り一息つく。

今日は朝から通信機の魔石が光っていて、ずっと落ち着かなかった。

ネックレスを外してベッドに横になる。

一週間ぶりにライアンの声が聞けるのだと思うと、嬉しくて仕方なかった。

先週の通信では、疲れたり怪我をしたりといった素振りはまったくなかった。

今週もライアンは元気だっただろうか。

これまでのライアンの話で、本当にあまり危険なことはないというのが分かって、私の気はすっかり緩んでいた。

早く話したいな。今日もまた時間ぴったりかしら。

ソワソワしながら時計を見ると、約束の時間まであと二分だった。

今日はマリアンナ様と少し歩み寄ることができたのよ。

それにケイトリンが私の店に来てくれたんだって。残念ながら私がいない時だったけど、レイチェルが教えてくれたの。

そんなことを報告したくて、短い時間で順序良く話せるように心の中で整理をしておく。

あと三十秒。

ライアンはいつも時間きっかりに通信機を起動させるから、秒針をじっと見守って、その瞬間がくるのを今か今かと待ちわびた。

けれど。

秒針が一周しても通信機が起動することはなく、五分過ぎてもライアンの声は聞こえてこなかった。

どうしたんだろう。何かあったのだろうか。

もしかして、野営地に魔獣が出現して対応に追われているとか？

ドキンドキンと心臓が大きな音を立てている。

もし今魔獣と戦闘中なら、私からの連絡は迷惑になるはずだ。万が一私の声に気を取られて、魔獣からの攻撃への反応が少しでも遅れたら、それが命取りになってしまう。

あるいはたまたま作戦会議が長引いて、ちょっと遅れているのかもしれない。

そう、今はちょっと手が離せないだけ。

ベッドから出て部屋の中をウロウロと歩き回りながら、いろんな可能性を考えているうちに刻一刻と時計の針が進んでいく。

時刻はいつの間にか十一時を超えていた。

きっともう問題は片付いているけど、時間が遅いからライアンは私に遠慮しているのかもしれない。

だけどあと少し。あと少しだけ待ってみよう。

そうやってネックレスを握り締めてライアンからの連絡を待った。

けれどその後もなんの音沙汰もないまま、私は朝を迎えてしまったのだった。


「酷(ひど)い顔してるわね」

「……申し訳ありません」

顔を合わせるなりオリヴィアに顔を顰められて、掠(かす)れた声で謝罪する。

「別に責めているわけじゃないわ。昨夜は眠れなかったの？　まさか今更社交界が怖くなったなんて言わないでしょう？」

私の紅茶に砂糖を入れてくれながら、オリヴィアが心配そうに私の顔を覗き込んできた。

結局私はライアンからの連絡を待ち続けて一睡もできず、使用人に呼ばれて食堂に行くことになったのだ。

「それが……昨夜ライアンからの連絡がなかったんです」

まだ何があったのかも分からない状態だ。余計な心配をかけるから言おうかどうか少し迷ったが、彼女はライアンの母親だ。現状をきちんと伝えておいた方がいいだろう。

「連絡？　あなたあの子と連絡を取り合っていたの？」

「はい、これで」

服からネックレスを引き出し、通信機をオリヴィアに見せる。

「一週間に一度、夜に連絡をくれる約束だったんです」

「ああなるほどね……それであの子が心配で眠れなかった、と」

ネックレスを見てそれがなんなのかすぐに理解したらしいオリヴィアが、特に表情を変えることもなく嘆息した。

「もしかしたら何かあったのかも……」

「気にしすぎよ。その通信機はね、便利だけど結構不安定なの。ライアンから聞いてない？」

私の憂いを吹き飛ばすように、オリヴィアが朗らかに笑う。

「不安定？」

「ええ。王都内だったら問題ないかもしれないけど、魔力や瘴気が濃い場所なんかだと、ちょっとした天気の変化でも繋がらなくなったりするのよ」

「そうなんですか!?」

それは初耳だ。出立直前の慌ただしい中だったから、ライアンは伝えるのを忘れていたのかもしれない。

「弱い魔石だから、その場の干渉を受けやすいのよ。しかもよりによってあの子が今いるのってブラックウッドでしょう？　あんな不安定な場所にいて、今まで問題なく繋がっていた方がびっくりよ」

あなたと話したいあの子の執念ね、とオリヴィアが揶揄するように笑う。

確かにブラックウッドは磁場の関係とかで魔力や瘴気が溜まりやすいと聞いたことがある。だから今回のような魔獣の大量発生が起こったりするのだとか。

「じゃあ、昨日連絡がなかったのは……」

「騎士団の活躍で魔獣がすごく減って魔力場のバランスが崩れたとか、大規模な魔法を使ったとか。正確なところは分からないけど、何かしらの変化があったのではないかしら」

オリヴィアが肩を竦めながら軽い調子で言う。その様子が本当に心配しているようには見えなくて、ようやく私の中で膨れ上がった不安が萎んでいくのを感じた。

「もしかしたら今頃あの子もなんとか繋げようと試行錯誤して、ロクに寝てないかもね」

おそろいね、とオリヴィアが意地の悪い顔で言うが、それが私を元気づけるためだと分かって笑顔を返す。

「ありがとうございます。おかげさまでとてもホッとしました」

「さあ、分かったら部屋に戻って少し寝てらっしゃい。そんなしょぼくれた顔をしていたら、今日のお茶会でリリア・スターリングが活き活きとしてしまうわ」

「あははっ！　確かにそうですね。それは困るので、お言葉に甘えて寝てきます」

そう言って慌てて手つかずだった紅茶に口をつける。

朝食の味はまったく分からなかったのに、その紅茶は涙が出るほどに美味しかった。

その日のお茶会で、案の定リリアは意気揚々と私に絡んできた。

「また来たのね、この恥知らず」

「こんな場所でそんなことを言うあなたよりは恥を知っていると思うけど」

刺々しい言葉に微笑んで言い返す。

社交の場では、どんなに嫌いでも直接的に相手を貶めるようなことを言うのはマナー違反だ。

公爵家に嫁入りして間違った無敵感を手に入れてしまったのか、リリアの言動はひどいものだった。学生時代よりひどくなったというのは、私の思い違いではなかったらしい。

「この私に意見するなんて何様のつもり？　ここは貴族が優雅に交流する場所なのよ」

「招待客の友人も参加可能なのを知らないの？　相変わらず勉強が得意ではないようね」

学生時代の成績を揶揄するように返せば、リリアがカッと顔を赤らめた。

意地でも言い負かさないと気が済まないのか、リリアは私への攻撃をやめようとしない。

睡眠時間は足りていなかったが、出かける直前まで二度寝していたおかげかよく口が回る。オリヴィアの言う通りにしていなかったら、相手にする元気がなくて不本意ながら逃げていたかもしれない。

その後もリリアは、お茶会で顔を合わせるたびに私に絡んできては言いがかりをつけてくる。鬱陶しくて仕方なかったが、一応は公爵家の人間ということで完全に無視することはできなかった。

こういうのが貴族の面倒というか厄介なところだ。

マリアンナを引き入れるのが無理だと分かってからは、他の令嬢に私の悪い噂を吹き込んでけしかけてくるようになった。

けれどリリアの思惑に反して、だいたいは私の友好的な態度を見て噂に疑念を持ち、きちんと話を聞いてくれる理性的な人ばかりだった。

リリアが味方につけたがるのが、高位貴族の教養ある令嬢ばかりだというのが敗因だろう。彼女たちはしっかりと育てられたがゆえに、一方の言い分だけを頭から信じるのではなく、こちらの言い分も聞いた上で判断してくれるのだ。

それに、大抵はその場に居合わせたフィオナやケイトリンがフォローしてくれるので、困った事態に陥ることはもはや皆無といってよかった。

むしろリリアが余計なことをするおかげで、悪い噂を信じて私を遠巻きにしていた令嬢たちですら、リリアの話に懐疑的な様子を見せ始めた。

スターリング公爵家がものすごい勢いで凋落(ちょうらく)の一途を辿(たど)っていることも原因だろう。

私の店への妨害工作の黒幕ということが判明したのをきっかけに、様々な悪事に手を染めていたことが国にバレて、スターリング家は処分待ちの状態だった。

それがここ数日の間で一気に処罰を下されたことにより、まだ公になっていなかったすべてが明るみに出始めたのだ。

スターリング公爵家の次期公爵夫人として地位を保っていたリリアにとって、これは大打撃だった。

リリア派閥と目されていた令嬢たちが、彼女に見切りをつけてひとりまたひとりと離れていく。中には露骨に私に擦り寄ってくる人もいたが、そういう人とは仲良くはなれそうになかったので距離をとった。

戦況は驚くほどに好転していたが、私にはそれを喜べるほどの余裕はなかった。

ライアンからの連絡が途絶えたままだったからだ。

定時連絡がなかった夜以来、別の日にライアンから改めて連絡がくるかもしれないと毎晩待ったが、残念ながら通信機は無音のままだった。

オリヴィア曰く、一度魔力の乱れた場はすぐには戻らないらしいから、しばらくは諦めて様子を見た方がいいのかもしれない。

そう自分に言い聞かせはするが、毎晩約束の時間になると通信機をじっと見つめてしまうのはやめられなかった。

魔石はずっと淡い光を帯びていたけれど、いつまで経ってもライアンの声は聞こえてこない。いつの間にか、最後にライアンと話をしてから二週間が経とうとしていた。

やはりライアンに何かあったのだろうか。

考えないようにしてもふとした瞬間にどうしても不安がよぎってしまう。

ベッドの上に座ったままじっと通信機を見つめて、とうとう耐えきれなくなってプレートに指を滑らせた。

「……ライアン、聞こえる？　フローレスよ」

使い方は合っているはずなのに、ライアンの声は聞こえてこない。

上手く起動できなかったのだろうか。再び起動の手順を踏んでライアンに呼びかけるが、やはり反応はなかった。

何度も試しているうちに、魔石の光がスゥッと消えてしまう。慌てて時計を見れば、通信機をいじり始めてから五分が経過していた。

どうやら繋がらなくても魔力を消費してしまうらしい。

気づいて激しい後悔が押し寄せる。

もしかしたら先週繋がらなかった時も、ライアンから通信しようとした時に同じようなことが起こったのではないか。それで繋がらないまま魔力を消費してしまって、一週間魔力が溜まるのを待っている状態だったのでは。

だとしたら、ライアン側の魔力が溜まるのは明日の朝のはずだ。そして定時連絡の時間には私の通信機の魔力が切れたままということになる。それを知らないままライアンが通信を試みて、また魔力切れを起こすのだとしたら。

「また一週間連絡ができないってこと……？」

落胆のあまり嘆いてみても、魔石の光は無情にも消えたままだった。

サロンでの立ち回りは確固たるものになりつつあるのに、ライアンと話ができないだけでこんなにも憂鬱だ。

呆れたようにオリヴィアに言われ、自覚はあったのでひたすらに恐縮してしまう。

「まったくもう、なんて辛気臭い顔をしているのよ」

オリヴィアはそんな私を見かねて、駐留組の騎士団に確認までしてくれた。

その結果、騎士団の通信機は正常に機能していて、重傷者は一人も出ていないと昨夜報告があったばかりだということだった。

ライアンの無事にホッとしたものの、声が聞けないままでは寂しい気持ちが消えてくれない。

「あなたが落ち込んでたって状況は変わらないのよ！　ほら、いっそ楽しいこととして忘れましょ」

励ますように言って、オリヴィアが気分転換に夜会への参加を提案してくる。

「さ、どれがいいか選んでちょうだい」

「……では、こちらで」

保留にしていた招待状の中から今夜開催のものを選べというので、封筒の束から一通選んでオリヴィアに渡す。

今夜開催ということで、当然参加表明の期限は過ぎていたが、オリヴィアはすぐに使いを出してすんなり飛び入り参加を認められてしまった。

公爵夫人の権力は絶大で、大抵の無理は通ってしまうらしい。

それを聞いてにわかに気が引き締まる。

今までは女性のみが集まるお茶会にしか参加したことがなかったので、夜会参加は初の試みだ。

ダンスの基礎は習ったけれど、本番で踊れるだろうか。

それにダンスのある夜会なら参加人数もかなり多いはずだ。今まではなんとか乗り切れたけれど、男性もいる場ではまた勝手が違ってくるだろう。

彼女の言う通り、大丈夫だということにいつまでもくよくよしていたって仕方ない。

今の私には、ライアンのために社交界で足場を築くという役目があるのだから。

「私、社交界の華になります！」

「いいわ！　その調子よ！」

半ば捨て鉢気味の私の意気込みに、目を輝かせたオリヴィアが使用人を呼ぶベルを鳴らす。

「ドレスルームの準備をしてちょうだい」

「かしこまりました」

とんできたメイドとオリヴィアが短いやりとりをして、すぐにメイドが出ていった。

その数分後に、私は後悔することになる。

「いいわ、素敵よフローレスさん」

「ありがとうございます……」

満足げに頷くオリヴィアに、ぎこちなく微笑みを返す。

今私は夜会用の華やかなドレスを身にまとい、これでもかというくらいふんだんにアクセサリーを盛りつけられていた。

お茶会用のシンプルなドレスとはまったく違い、贅沢で豪華なそのドレスは、女性らしさをアピールするために身体の曲線が強調され、露出も多めで落ち着かない。

コルセットは苦しいし、ヒールは高いし、なにより総額が気になってダンスの心配どころの話ではなかった。

「本当にこれで行くんですか……?」

「あら、紫のドレスの方がよかった?」

「いえそういう問題ではなく」

わざと的外れなことを言うオリヴィアに冷静に訂正を入れる。

お茶会用のドレスだけでも多すぎるのに、夜会用にもドレスを数着用意されていたと聞いた時には膝から崩れ落ちそうになった。

自分で店を持ってから、庶民の金銭感覚からだいぶ抜けてきたと思っていたのに、公爵夫人ともなれば桁違いにも程がある。

ただ、あえてこの高位貴族の金銭感覚に私を慣らそうとする意図もオリヴィアから感じていた。たぶん、いずれ社交界に自分の名前で招待されるようになった時のことを考えてくれているのだろう。

何度もお茶会に参加するうちに、身の丈に合ったドレスを着ることの必要性があるのだということはもう理解できていた。

地位が高くない令嬢が高価すぎるドレスを着ていれば「見栄っ張り」「身の程知らず」と嘲笑され、逆の場合は「物の価値が分からない」「中身の安っぽさにお似合い」などと陰口を叩かれるのだ。

地位に見合ったドレスというのは確かに存在する。

私の場合は庶民だけど、公爵夫人であるオリヴィアが娘のような扱いをしてくれるので、変に遠慮をして安いものを身に着けていれば、後見人のようなポジションにいるオリヴィアまで笑いものにされてしまうだろう。

何度もお茶会に参加したことでかなり周知されているとはいえ、ライアンとの婚約が公になる前からその扱いなのだ。もし結婚後ライアンが相応の地位を得た後に、庶民感覚から少し抜け出た程度の価値観でちょっといいドレスを着て社交界に出たら大変なことになっていただろう。

完璧にドレスアップして、オリヴィアと共に会場となるお屋敷に向かう。

今夜の夜会の主催はペンブルトン侯爵家だ。

前回のお茶会で会った時に、マリアンナが「あなた個人を招待してあげてもよろしくてよ」と言っていたのを実行してくれたのだろう。律義な人だ。

友人というにはまだだいぶぎこちないけれど、私は彼女の素直さに好感を抱いていた。出会いが敵意バチバチだったせいで、誤解が解けたあと私とどういう態度で接すればいいのか決めかねているところも可愛らしい。

「ふぅん、悪くありませんわね」

出迎えてくれたマリアンナが、イブニングドレス姿の私を見てそんな言葉をくれた。

「褒めていただいて光栄です」

「別に褒めたわけでは……いえ、褒めていないわけでも……」

ハッキリした物言いの彼女にしては珍しくごにょごにょと小声で、その様子に微笑ましくなる。

「こんばんはマリアンナさん。本日はご招待いただきありがとう」

さすがの余裕と貫禄(かんろく)で挨拶をするオリヴィアに、今度はアワアワと挨拶を返しながらマリアンナが顔を赤くする。面識は何度もあるらしいのに、憧れの人の前だと上がってしまうらしい。

「本当に可愛らしいお嬢さんよねぇ。わたくし、あの子大好きなのよ」

「分かります。私も好きになってしまいました」

会場に向かう前の控室でオリヴィアが上機嫌に言うので同意する。

これまで散々賛辞を浴びてきたオリヴィアでも、あんなに全身で「オリヴィア様大好き」を表現されたら嬉しいのだろう。

「あの小狡(こずる)いスターリングの嫁からよく取り戻したわ」

「あれはリリアのやり方があまりにもお粗末でしたので」

褒められて悪い気はしないが、グレタたちの助けもあったし、あまり自分が何かをしたというつもりはなかった。

「謙虚ね。でも気を付けることよ。あの子、まだ何か企んでいるみたいだから」

「私から大切な婚約者を奪っておいて、一体何が不満なんでしょうね？」

「ほほ、白々しいこと」

とぼける私に、オリヴィアが目を細めて愉快そうに笑う。

「不良債権を押し付けられたと恨んでいるのでしょうね」

「よく調べもせずに上辺だけの好条件に飛びつくのが悪いと思うんですけど」

逆恨みもいいところですとボヤくと、オリヴィアは「自己責任よね」と肩を竦めながら同意してくれた。

「それに、スターリング家の凋落はあなたのせいだと思っているみたい」

「ええ？　全部自業自得なのにですか⁉」

彼らが悪事に手を染めていたことに私は一切関わりないし、それがバレるきっかけになった私の店の一件だって、自分たちがちょっかいをかけてきたせいだ。

「そんな冷静な判断ができる子なら婚約者のいる男性を誘惑したりしないし、婚約者がいるのに簡単に誘惑される男性を選んだりしないでしょう」

オリヴィアの言うことはもっともだ。

言いがかりもいいところだけど、もしそうならリリアの私への恨みはかなり深そうだ。

「確か彼女も今日の夜会に招待されているんですよね？」

「ええそうね」

だとしたらきっと今日も絡まれるのだろう。

うんざりしながら周囲を見回すが、到着が遅れているのか控室にリリアの姿はまだなかった。

「大変お待たせいたしました。それでは皆様、会場へどうぞ」

そのタイミングでペンブルトン家の使用人がやってきて、招待客の移動を促し始めた。

「さあ、今日はどんな仕掛けが待っているのかしら」

楽しみね、と期待に胸をときめかせてオリヴィアが歩き出す。

私は面倒なことになりませんようにと願いながら、沈黙したままもはやお守りと化しているネックレスをぎゅっと握り締めた。

会場には味方の令嬢も多く、決して悪い雰囲気ではなかった。

開始から少し経ってリリアを発見したが、私に気づいていないのか幸いにも絡んでくることはなかった。

パーティー会場は華やかで、女性たちのドレスを見ているだけでも楽しい。

用意された食事も飲み物も、どれも美味しくて新メニューのための勉強にもなる。

おかげで少し明るい気持ちにはなったけれど、ライアンのことを完全に忘れて楽しむというのはさすがに難しかった。

オリヴィアが騎士団に確認してくれた通り、重傷者がいないというのは私への気遣いの嘘でもなく事実なのだろう。夜会の参加者の中に見覚えのある騎士が何人かいるし、何かあれば駐留組の彼らも呼び出されて、パーティーなんか楽しんでいる暇はないはずだ。

ライアンは間違いなく無事なのだろう。

だからこの憂鬱な気分はそう、ただ寂しいだけだ。

会いたい時に会えない、話すこともできないのがこんなにも耐えがたいなんて。

もしかしたら自分が思っている以上に私はライアンのことが好きなのかもしれない。

今更そんなことを思い知ってひっそりと苦笑する。

数人の男性にダンスを誘われたけれど踊る気にもなれず、オリヴィアに断りを入れてバルコニーに出る。

「さむっ」

昼間はまだ暖かいのに、夜になるともうドレス一枚では肌寒い。

頬にあたる夜風はひんやりと冷たくて、おかげでますますライアンが恋しくなってしまった。

「早く会いたいな……」

バルコニーに用意されていた椅子に座って、星空を眺めながらぼんやりと呟く。

ライアンも同じように思ってくれているだろうか。思ってくれているだろうな。きっと同じくらい私を大好きでいてくれているから。

自惚(うぬぼ)れではなくそう信じることができるのは、ライアンがいつも素直に気持ちを打ち明けてくれるおかげだ。

予定ではあと一ヶ月もすれば騎士団が帰ってくる。

復路に二週間かかるとして、逆算してライアンがブラックウッドを出るまであと二週間弱。

それまでにもう一度くらいは通話ができるだろうか。ブラックウッドを抜けて街道へと戻れば、さすがに通信環境が安定するだろうか。

通信ができなかった分、早めに魔力が充填されていないものかと期待してネックレスを見る。けれどまだ魔石はほのかに光るだけで、通信には不十分だ。

もう何度目か分からないため息をつくのと同時に、室内に続くガラス扉が開く音が聞こえて振り返る。

「おや、先客がいたんですね」

バルコニーに足を踏み入れた男性が、私に気づいて目を丸くした。

年の頃はライアンと同じくらいだろうか。見覚えはないが、背が高くガッシリした体型から見て騎士のようだ。

「こんばんは。あなたも休憩ですか？」

人懐っこい笑みを浮かべてバルコニーに出た青年は、私から少し離れたところにある椅子に腰を下ろしてそう尋ねてきた。

「ええ、ちょっと疲れてしまって」

無視するわけにもいかず、少し警戒しながら答える。貴族の社交の場では、下町の酒場とは違って男性から女性に声を掛けるのはマナーだ。

「分かります。舞踏会って肩が凝りますよね」

途方に暮れたように言って、青年が大きく伸びをした。

「普段剣を振ってばかりいるから、ダンスのステップを忘れてしまって」

おかげでご婦人の足を踏みかけた、とおどけた調子で言うのにつられて笑いをこぼす。

やはり彼は騎士団に所属しているようだ。

「私もダンスが苦手で逃げてきたんです」

「よかった、仲間だね」

適当に話を合わせると、ここにいる理由が同じと分かって同族意識が芽生えたのか、途端に親し気な口調になる。

「僕はフェリックス。第三騎士団所属だ。よろしくね」

こちらの方がしっくりくるから、もともと丁寧な口調は苦手なのかもしれない。

オリヴィアの話では確か、第三騎士団の人間は半分近くがブラックウッドに駆り出されているはずだ。彼は残りの半分の駐留組なのだろう。

「フローレスよ。よろしく」

「初めましてだよね？　社交界じゃ見ない顔だ」

名乗る時に少し身構えてしまったけれど、彼は名前を聞いても顔を顰めたりしなかった。

男性は噂話に疎いから、私のことをまったく知らないのかもしれない。

探りを入れるようなことを言っているのは、貴族子女の社交界デビューは例外を除けば十代のうちに行われるから、この歳で初対面というのは珍しいのだろう。

「ちょっと複雑なのよ。だから会場には居づらくて」

「まあ貴族にはいろいろあるよね」

適当に誤魔化せば、フェリックスはあっさりと納得して引き下がってくれた。

不倫の末の隠し子だとか、庶民の再婚相手の連れ子だとか、そういうことは稀にあるそうだ。けれどちらも貴族にとって誇れることではないので、隠されがちだ。深入りすれば面倒なことになると判断したのかもしれない。

「でも、君には別の理由があるようだ」

「え？」

「だってなんだか寂しそうな顔してるから」

苦笑しながら、案外鋭いことを指摘されて驚く。

「何か心配なことでもあるの？　僕でよければ力になるけど」

椅子の背もたれに腕をかけ、フェリックスが身体ごとこちらを向いて傾聴の姿勢になる。

「たとえば愚痴を聞くとか」

それからニコッと笑ってそんなことを言う。

きっと「あなたの気のせいよ」と言えば簡単に話題を変えてくれるだろう。

だけど彼は騎士なのだ。騎士団のことは騎士団に所属する人間に聞くのが一番なのではないか。

オリヴィアが騎士団に問い合わせてくれてからもう一週間以上経っているし、何よりオリヴィアが嘘をついていなくても、彼女を心配させないために騎士団の人が事実を伝えなかった可能性もあるのではないか。

「……実は、恋人がブラックウッドに遠征していて」

そんなことを思って、詳細を省いて事情を打ち明けることにした。

「へぇ、彼も騎士なの？　僕の知ってる人かな」

どこか面白がるように言って、フェリックスが目を細めた。

「どうかしら。彼からあなたの名前を聞いたことはないわ」

「そっか」

ライアンの名前を出せば、流石（さすが）に私が何者か気づくかもしれない。それでもし嫌悪感を抱かれたら、情報を聞き出すことができなくなってしまうので黙秘した。

「ああ、ソレで怪我をしてないか心配ってこと？」

「そんなところ」

「大丈夫だよ、ブラックウッドにいる魔獣は弱いのばかりだから。数は多いだろうけど、そんなのに押し負けるほど我が国の騎士団はやわじゃない」

自信満々に言うフェリックスにホッと胸をなでおろす。確かライアンも同じようなことを言っていた。ならば本当に戦力差は大きいのだ。

「でも、連絡が取れなくなってしまって」

「連絡？　驚いた、もしかして通信石を持っているのかい」

私の言葉を聞いてフェリックスが目を丸くする。

「通信石というの？」

「騎士団ではそう呼んでる。めったに手に入らないんだよね、ソレ」

彼曰く、ライアンがくれた通信機はただ高価なだけじゃなく個人向けの物はほとんど市場に出回っていないらしい。希少な魔石だから、発見されたものは基本的に国が管理しているのだそうだ。

「君の恋人ってかなり……いや、やめておこう」

探るような目は一瞬で、すぐに両手のひらをこちらに向けて降参のポーズをとる。

「複雑なんだもんね。オーケイ。僕は君の質問に答えるだけだ」

どこか芝居がかった調子でおどけてみせる。

初対面の私にストレートに好奇心を向けてくる割に、ずいぶんと聞き分けがいい。それが彼なりの他人との距離の取り方なのかもしれないが、そのアンバランスさがどうにも据わりが悪い。もしかしたら聞く相手を間違っただろうか。

「ありがとう。それで、あなたも騎士なのよね？　今ブラックウッドがどういう状況か知らない？」

だけど藁にも縋りたい思いで質問を続けた。

「うーん、昨日の報告でも特に大きな事件はなかったようだけど」

「どんな小さなことでもいいの、教えて欲しい」

「そうだなぁ……指揮系統はしっかりしてるし、怪我人もほとんど出てないって言ってたかな。狩りは順調なはず」

彼は困ったように眉根を寄せる。

それを聞いていてふと今更なことに気づいてしまった。

騎士団内部の通信機は無事に通信ができているのだ。ということはやはりライアンと連絡が取れないのは、通信環境の乱れではなかったということになる。

ネックレスを引き出してプレートを見る。当然ながら石の光は弱いままで、ライアンとの通信を試すこともできない。

「それが彼との通信石？　魔力はちゃんと溜まってるみたいだね……てことは壊れているわけではない、と」

腕組みをして、難しい顔でフェリックスが考え込む。

「騎士団の通信は問題なし、重傷者も出てない、通信石も良好、となると……」

一つ一つ可能性を潰すようにフェリックスが呟いていく。

「…………あっ」

それから唐突に、彼がハタと表情を改めた。それからしまったというように顔を顰めた。

「なに？　なにか思い当たることが？」

「いや、連絡がないのは別の理由があるかも……って」

私の質問に、フェリックスが眉根を寄せながら言いづらそうに切り出す。

「別の理由って？」

濁し方が気になって、気まずそうにしているのに気づかないフリで聞いてみる。

「いやでも、君を不快にさせちゃうかも」

「いいから言って。このままの状態で放置される方が嫌な気分だわ」

強めに促すと、少し迷った後でようやく意を決したようにフェリックスが口を開いた。

「今回の遠征は、国境にある大森林に魔獣が大発生したことによる討伐、ってのは知ってるよね?」

「ええ」

「それが三国協力体制のもとってのも知ってる?」

「そう聞いてる」

こくりと頷くと、フェリックスがまた躊躇(ためら)うように苦い顔をして、結局は諦めたように深くため息をついた。

「……今回の作戦では、各国から騎士や軍が合同で派遣されてるんだ。過去にも同じようなことがあって、それを元にしているから野営地は拠点となる場所が共通でいくつか決まっている」

「それは知らなかったわ。それで?」

「それは単純にその場所が野営に適しているってのもあるんだけど、他国の兵と交流を深めるためでもある。一緒にテントを張って、炊き出しも協力して行うのがもう伝統になってるんだ。初対面より、見知った相手の方が連携を取りやすいだろう?」

「そうね。信頼関係も生まれやすいでしょうし」

フェリックスの説明は納得できた。私だって雇ってすぐのバイトに、いきなりレジを任せたりはしないから。

「そう。それで、一時的に共同生活を送って他国の兵と仲良くなることで掃討作戦での連帯感が芽生えたり、ひいては国家間の友好に繋がってたりもするんだ」

「なるほど。理にかなっているわ」

フェリックスの言っていることはよく分かる。初対面同士では少しのミスでギスギスしてしまうような場面でも、気心の知れた相手であれば積極的にフォローに回れる。それは騎士だけでなく、庶民の職場でも同じだ。

「でもそれが連絡が取れないこととなんの関係があるの？」

明言を避けているのを感じて再度質問すれば、フェリックスが眉根を寄せて口ごもる。それから覚悟を決めたように先を続けた。

「我が国の騎士は男のみだが、他の二国には女性兵や女騎士も多く存在してる」

「……つまり？」

「つまりその、いや、なんでもない、ただ、騎士同士すごく強い絆が生まれるから、夜はみんなで楽しく飲んで、時間を忘れてしまうのかも」

誤魔化して笑うが、彼の言いたいことは明らかだ。

要するに、ライアンは隣国の女性兵と浮気をしているのではと言いたいのだろう。

「…………」

「ごめん、気落ちするようなことを言ってしまって……」

俯いて黙ってしまった私に、フェリックスが申し訳なさそうに言う。

騎士団の作戦中に他の女性と浮気だなんて。ライアンに限って、そんなことは絶対にありえない。

だけどなんだか理由の分からないモヤモヤが胸に溜まって、気分が悪かった。

「たぶん僕の考えすぎだ。最近似たような事で泣かされた女性の話を聞いたものだから」

「そうだったの……お気の毒に」

「ね、良かったら会場に戻らない？　さっき美味しそうなデザートが追加されてたよ」

気を遣うようにフェリックスが明るい笑顔で言う。

このモヤモヤの正体はなんだろう。もちろん、ライアンの浮気疑惑に対するものなんかではない。

たぶん、だけど。

チラリとフェリックスの表情を窺う。

気遣わし気に私を見る青年。人懐こくて、堂々としていて、女性の心なんて簡単にさらえてしまいそうな甘い顔立ちの。そんな彼が、不自然なくらいに親切だから。

「……そうね、付添人が捜しているかもしれないし」

どうやら短期間で社交界に揉まれて、すっかり疑り深くなってしまったみたいね。

そんなことを思いながら、パーティー会場へと戻った。

第三章

Chapter Three

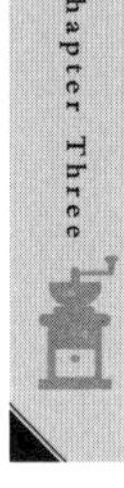

「順調に基盤を築けているようで何よりよ」

晴れた空の下、テラスでお茶をしながらオリヴィアが満足そうに微笑(ほほえ)んだ。

「まだ私を嫌っている人はいますけどね」

リリアを始め、手下のようになっている令嬢たちを思い浮かべて苦笑する。

「ああいうのはもう何をやっても無駄ね。味方にも傍観者にもなってくれないわ」

彼女にしては珍しく切り捨てるような言い方だ。

人当たりは良いし情にも厚いが、冷徹な部分も持ち合わせている。そうでなくては公爵夫人なんて重要なポジションは務まらないのだろう。

「味方にならないならどうすればいいか分かるかしら」

「徹底的に潰すのはどうでしょう」

笑顔で容赦のない回答をすると、オリヴィアが小さく噴き出した。

だってリカルドのことを人任せにした結果、後々面倒なことになった過去がある。

「まあそこまでやると角が立つから、程々でいいけれど。でもそうね、ある程度はやり返して大人しくさせる必要があるかもしれないわ」

最近ちょっとやりすぎなのよねあの子、とあまり種類の良くない笑みでオリヴィアが言う。

女同士の戦いはいつの間にやらリリア派閥とフローレス派閥なんてものに分かれていて、グレタたちの協力もあってフローレス派閥が優勢になりつつある。

リカルドだけでなくライアンまで誑かした悪女というリリアの流した噂の信憑性はもはや完全に薄れ、頭から信じる人は激減していた。

むしろ今はスターリング家が急激に傾いているという噂の方が話題性も大きく、リリア派閥自体が縮小傾向にあった。

「噂の中心人物不在の時は好き放題言ってもまかり通ってたけど、本人を目の前にしたらねぇ」

みんな馬鹿じゃないもの、とグレタが呆れたように言っていた。

それでもめげずに絡んでくるリリアには、もはやため息しか出てこない。

むしろ思い通りにいかないせいでムキになっている感じもある。次期公爵夫人としての面子が余程大事らしい。

対する私はといえば、ライアンからの連絡がないままということの方が重要だった。

最後の通話から三週間が経つ今も、ライアンからの音沙汰はない。

こちら側の魔力が蓄積されている間に、またライアン側から試して魔力が失われたのだろうか。

だとしたら再度私から通信を試すのは悪手だろう。このままではずっとすれ違い続けてしまう。

我慢に我慢を重ね、なんとかこちらからの連絡はしないで済んでいる。

そんな極限状態で、くだらない言いがかりをつけられてうんざりするなという方が無理である。

「ちょっと聞いてるの!?　あなた、リリア様の旦那さんのこと、全然反省していないみたいね！」

二度目の参加となった夜会で、いまだリリアに騙(だま)されていいように使われている令嬢たちが私に喧嘩(けんか)を吹っ掛けてくる。

やけに若いというか幼いところを見るに、社交界デビューしたての少女たちなのだろう。もうそんな子供のような令嬢しか騙せないというところまできているらしい。

「色仕掛けだか弱みを握ったんだか知らないけど！　ライアン様まで毒牙にかけるなんて最低よ！」

色仕掛けはともかく、庶民が公爵家の弱みを握ったところで消されるのがオチだと思うのだけど。

リリアの矛盾にも気づけないようなお嬢さんたちでは、言うだけ無駄だろう。

「それで今度はフェリックス様？　ライアン様という方がありながら、夜会で誘惑するなんて」

「……なぜ彼と話していたことをあなたが知っているの？」

ふと引っかかって質問すると、リリアの手先が勝ち誇ったような顔になった。

「フン、図星だったようね。顔色が変わったもの。やっぱりまた乗り換えようとしているんだわ」

「聞いたわよ、ライアン様に捨てられたんですって？」

「連絡もしてもらえないのでしょう？　きっとあなたと二ヶ月以上離れて冷静になったのよ。大した女じゃないって。正しいご判断だわ」

オリヴィアとフェリックスにしか話していない内容を、取り巻きたちが得意げに並べ立てていく。確かあのパーティーにはリリアもいた。珍しく絡んでこないのを不思議に思っていたけれど、あのバルコニーに何か記録用の魔道具でも仕込んでいたのだろうか。

自分もよく使う手だから、その可能性は高い。

「きっと戻ってきたら婚約の話は白紙に戻されることでしょうね」

「どうせ自分の店に援助させるためにライアン様を騙したんでしょう！」

考えるために無言になったのを形勢不利で黙ったと誤解したのか、取り巻きたちの語気が強くなっていく。きっと私を追い詰めていい気分になっているのだろう。

「あなたの身勝手な夢のせいでライアン様の有望な前途を潰したのよ！　恥を知りなさい！」

「爵位を捨てるようそそのかすなんて信じられない！」

「傲慢にも程があるわ！」

そんなの、なんの事情も知らない彼女たちに今更言われるまでもない。

すでに散々悩んできたし、とっくに覚悟を決めたことだ。そんな外野の勝手な憶測なんか、もはや痛くもかゆくもなかった。

それに何を勘違いしているのか、ライアンの前途は有望なままだし、爵位を手放すことを選んだのはライアン自身だ。彼がしっかりと考えて決めたことだ。それを無関係な人たちに間違ってるなんて言わせない。

これまでは何を言われたって大して感情が動かなかった。

貴族の世界に庶民が乗り込んできたらいい気がしないのは当然だし、独身の令嬢たちの憧れの的であるライアンが横取りされれば面白くないはずだと思っていたから。

風当たりが強いだろうことは予測していたし、そういうのをすべて覚悟した上でオリヴィアの提案に乗ったのだ。

私がすべきことはそれに対して怒ることでも言い返すことでもなく、認めてもらうこと。

オリヴィアもそれを望んでいただろうし、波風立てずに乗り越える力が私にあるか、見極めるためもあっただろう。

だから今だって、冷静に受け止めて穏便に返すのが正解だと分かっている。

頭では分かっているのだけど、フツフツと静かな怒りが湧いて止まらなかった。

だってライアンとは一ヶ月近く連絡が取れないし。

暗に浮気してるなんて言われるし。

その上ライアンがまるで考えなしみたいに言われるし。

温厚な私だって、いい加減我慢の限界というやつだ。

「お言葉ですが」

思ったより低い声が出て、令嬢たちがびくりと身体を跳ねさせた。

これっぽっちで怯えるくらいなら、最初から喧嘩なんて売ってこないでほしい。

「私はライアンの進路に口を出したことは一度もありません。彼も私の進む道に対して何かを強制することはないからです」

「そっ、それはライアン様がお優しいからで」

「援助を頼んだこともありません。自分で繁盛させることができるからです」

「嘘（うそ）よ！　カトレア様を利用したくせに！」

　そんなことまで知ってるなんて意外な気がしたが、バックにリリアがいるなら当然か。カトレアの来店に嫉妬したプセマが、スターリング家を通じて嫌がらせをしてきたのだ。リリアだってその辺はリカルドから聞いているのだろう。

「カトレア様が私と私の店を気に入ってくださった結果ですよね。それだって私の人徳であって、実力のうちです」

　胸を張って傲然と言い放つ。

「なんて厚かましいの……！」

「不敬よ！　恥を知りなさい！」

　確かに店を立て直す前までだったらこんなこととても言えなかった。だけどもう私はとっくに開き直ってしまったのだ。こんな外野からの野次なんか気にならないくらいに。

「厚かましくて結構。だいたい、あなた方はどの立場から私を責めているのです？　ライアンにもフェリックス様にも関係のない方ですよね？」

半ば呆れながら問えば、図星だったのか彼女たちがカッと顔を赤らめた。

「わっ、私たちはライアン様たちの幸せを願って！」

「あなたたちこそ傲慢じゃない。爵位を捨てさせたという私と何が違うの？　ライアンの幸せはライアンが決めるのよ。あなたたちじゃない」

「それは……っ、だけどっ！」

「だいたいライアンに何かを強制したり誘惑したりする必要なんてないわ。だって何もしなくてもライアンは私に夢中なんだから」

めげずになおも言い返そうとする少女に、大人げなく誇張し脚色を加えて言い切る。

あまりのふてぶてしさにリリアの手下たちは絶句して青ざめ、聞き耳を立てていたらしい周囲にどよめきが走った。

これくらいしたって許されるだろう。

だってライアンからの連絡はないままだし。

無事かどうかも分からないせいでちょっと泣きそうだし。

ライアンのことだけ心配していたいのに余計なことばかり言われて腹が立つし。

心の中で自己正当化をしていると、周囲のどよめきが、収まらないどころかひときわ大きくなった。

さすがに言い過ぎただろうか。

にわかに焦り始めた時、背後に気配を感じるのと同時にそっと腰を抱かれた。

周囲の令嬢たちが黄色い悲鳴を上げる。

「——そう、俺がフローレスに夢中なんです。彼女がいないと生きていけない」

耳に馴染んだ愛しい声が頭上から降ってきて茫然とする。

ぎこちなく見上げる。

そこにいたのは、多少くたびれた感じはあるけれど、正真正銘ライアンその人だった。

「今もドレス姿に見惚れて出遅れてしまった。その間に言いたいことを全部言われてしまったようだ」

私と目を合わせて微笑みながら、ライアンがそんなことを言う。

「彼女の言う通り、見知らぬ令嬢方に心配される謂れはない。それから勝手に名前を呼ぶのはやめていただこう。許可していない」

私に詰め寄っていた令嬢たちに強い口調でピシャリと言う。私には一度も向けたことのない厳しい表情だ。

令嬢たちが青褪めて、「申し訳ございません！」と泣きそうな顔で謝罪した。

「俺ではなく彼女に謝るのが先では？」

皮肉気なライアンの表情に、ますます彼女たちの顔が青くなる。

だけど私はそんなことに構ってなどいられなかった。

なんでここにいるの。

だって帰還予定は三週間後のはず。

「君に会いたすぎて少し無茶をした」

言葉にならなかった私の疑問を表情から読み取って、ライアンが苦笑しながら答えてくれる。

「……本当に、ライアンなの？」

ようやく発することができた言葉は、我ながらなんとも間が抜けているものだった。

「そう。ちょっとボロボロだけど」

こんな格好でごめんと、自分の汚れた騎士服に気づいてライアンが私から少し離れる。

「……舞踏会に騎士服で来ちゃダメじゃない……」

言いながらじわりと目尻に涙が滲む。

本当はそんなことどうでもよかった。だけど何を言っていいのか分からない。

ずっと会いたかったライアンが目の前にいる。

怪我一つなく、元気な姿で。

それだけで十分なのに。

「家の者にフローレスはここだと聞いて、大急ぎで来たんだ」

「っ、ふふ、そんなに急がなくても良かったのに」

いつも通りに振る舞うのは随分と骨が折れた。

だけど少しでも気を抜けば、彼に抱き着いて大泣きしてしまいそうだ。

「うん。一秒でも早く君に会いたくて」

「嬉（うれ）しい、私もっ、……会いたかった」

声が震えそうになるのを堪（こら）えながらだと、喉の奥が詰まったようになってしまう。

情けないし恥ずかしかったけれど、ライアンはなんだかずっと嬉しそうだからまあいいか。

「ずっと心配、してたんだから」

「不安にさせてごめん。不測の事態で通信機を紛失してしまったんだ」

心から申し訳なさそうに謝るライアンに、緩く首を振る。

「無事ならもうそれでいいの」

その拍子に涙が一粒こぼれて、ライアンが痛ましそうな表情で私の目元を拭った。

「本当にごめん」

「あらあらライアン、制服のままでパーティーに来るなんて。どこでそんな非常識なことを学んだのかしら？」

完全にお互いしか見えなくなっていた私たちの間に、オリヴィアの声が割り込んだ。

「フローレスさん、ちょっと息子の着替えを手伝ってきてくださらない？」

「えっ、あ、はい」

予想外のことを言いながら近づいてくるオリヴィアに、戸惑いながらも慌てて返事をする。

「いや母上、さすがに着替えくらいはひとりで行けます」

「馬鹿ね、早く大切な婚約者の泣き顔を隠しておあげと言っているのよこの朴念仁」

心外そうな顔のライアンに、オリヴィアがコソッと耳打ちをする。

そこでようやく周囲の注目の的だということに気づいたライアンが、大急ぎで私の腕を引いてパーティー会場を後にしたのだった。


屋敷の使用人に案内されて、空室を使わせてもらえることになった。

空室といっても調度品は備え付けられている。

私とライアンは、その中の大きなソファに並んで座ることにした。

「ネックレスはどうなったの?」

「それが、チェーンごと魔獣の爪に持っていかれてしまって。騎士団のものも紛失したから、すごく怒られた」

「怪我は!? 大丈夫だったの!?」

「避けた拍子に少しかすめただけだから、治癒魔法ですぐ治ったよ」

なんてことなさそうな顔で言われてホッとする。無事を確認しようと頬に触れると、その手にライアンの手が重ねられた。

「会いたかった……」

目を閉じ噛み締めるように言われて胸が熱くなる。

私がずっと彼の声を聞きたがっていたように、彼も私のことをずっと考えていてくれたのだろう。

嬉しくて、ライアンの肩にもたれかかるようにしてくっつくと、私の頭にライアンの頬が乗せられた。

しばらくの間お互い何も言わず、触れ合う体温を堪能する。

あんなに声が聞きたかったというのに、二人きりの空間ではもはや沈黙すら愛おしかった。

「……騎士団はもう全員無事に帰還したのね」

「いや、まだ俺と部下数人だけだよ」

「え!?」

驚いて顔を上げると、ライアンがにっこりと笑った。

この何かを誤魔化そうとしている顔、オリヴィアにそっくりかもしれない。

「どういうことなの？」

「作戦の成功を一早く陛下に報告するための先遣隊に立候補したんだ」

私の問いにあっさり答えながら、離れてしまった私を咎めるように肩を抱き寄せ再び密着させる。

まるで一秒でも離れたくないと言われているようで嬉しかった。

離れたくない気持ちは私も同じだったので、そのままライアンの身体に体重を預ける。

「ということは、王様のところから直接こっちへ来たの？」

「いや。報告は部下に任せて、一刻も早くフローレスに会おうと」

ちっとも悪びれることなくライアンが言う。

「……いいの？　そんなことして」

「普段誰よりも真面目に国に尽くしてるんだ。今日くらい許されるだろう」

疑わしげに問えば、ライアンは肩を竦めながら軽い調子で言った。

そこに反省も後悔もなくて、思わず笑ってしまう。

「不良騎士ね。惚れ直しちゃった」

「不良の方が好みとは知らなかったな」

「馬鹿ね、真面目でストイックなあなたがたまに悪いことをするのがいいのよ」

他の人がやったらただ呆れるだけだ。それに常に不真面目だったらライアンを好きになっていない。乙女心は複雑なのだ。

「惚れ直すと言えば、勝気なフローレスはやっぱり格好いいな。初めて会った日のことを思い出したよ」

「初めてって、もしかしてリカルドと婚約破棄した日？」

「ああ。君に心を奪われた日だ」

「……闘志満々の顔だったと思うんだけど」

「そう。とても美しかった。あの少女に言い返していた姿があの日と重なって眩しかったよ」

前々から思っていたけれど、ライアンの趣味はやはりちょっと変わっている。

あの日の私は何もかもが上手(うま)くいった興奮と解放の喜びで、半ばトランス状態だったはず。まだ恐ろしかったと言われた方が納得だ。

「呆れた。見惚れて出遅れたって、もしかして本当だったの？」

「申し訳ないけど本当なんだ。それに、この格好も」

そっと離れて、ライアンが私のイブニングドレス姿をじっくりと眺める。

「綺麗(きれい)だフローレス。カフェの制服姿も素敵だけど、このドレスも本当によく似合ってる」

「ありがとう。オリヴィア様が仕立ててくださったの」

「やっぱり母か。悔しいけど、フローレスの良さがすごく引き立ってる」

「悔しいの？」

ライアンの言い草が面白くて、くすくす笑いながら問う。

「そりゃね。君が着る服は全部俺が贈りたかったから」

母がフローレスを呼び寄せたことをもっと早く知っていれば、とライアンが本当に悔しそうに言う。

「残念ながら、この先十年は必要なさそうな量の服をプレゼントされてしまったわ」

「後で母に正式な抗議文を出すとしよう」

真顔で言うが、オリヴィア相手では一笑に付されて終わってしまう予感がする。

「あなたの騎士服姿もすごく好きよ。今は少しヨレてるけど」

本当に遠征帰りのそのままの格好で来てくれたのだろう。

労わる気持ちで言えば、ライアンがまた申し訳なさそうな顔になる。

「着替えてくれればよかった。そしたら君とダンスができたのに」

「そんなの、これからいくらでもできるわ。疲れているのに真っ直ぐ会いに来てくれてすごく嬉しい」

言いながらライアンの頬を撫でる。最後に会った時より少し頬がこけていて、さすがに疲れが見えた。

「痩せたんじゃない？」

「騎士団の携帯食料はまずいんだ」

心配になって言えば、ライアンが私を安心させるような苦笑で冗談を言う。

「フローレスのカフェがずっと恋しかったよ」

嘆くように言って、私を抱きしめる。

「コーヒーの香りがする」

私の髪に鼻先を埋めながら、ライアンが深く息をする。

「知らなかった？　私の身体はコーヒー豆でできているのよ」

くすくす笑いながら抱き返す。ライアンからは汗とホコリの匂いがしたけれど、それがちっとも嫌ではなかった。

その日、結局パーティー会場へは戻らず、私とライアンは主催者の馬車を借りてクリフォード家へと戻った。

ライアンは遠征の疲れと汚れをお風呂で洗い流した後、眠そうな目をこすりながら私の部屋に来てくれた。

「勝手に帰るなと母にお説教されたよ」

憮然（ぶぜん）とした顔で言って、甘えるように私の首筋に額を擦り付けてくる。

その仕草が可愛（かわい）くて、ライアンの頭を抱きしめた。

「ふふ、眠いのねライアン」

「うん、すごく」

いつもより体温の高いライアンが、フワフワした口調で素直に肯定する。

「こっちに来て」

手を引いてベッドまで誘導すれば、抵抗もなくライアンがベッドの縁に腰掛けた。

「今日はここで寝る？」

冗談半分に聞いてみる。

貴族として、結婚前の男女がベッドを共にするのは非常識だ。もちろんそれは知っていたけれど、じゃあおやすみと言って別れるには、まだブランクを埋めるのに到底足りていなかった。

「また母に叱られるな……」

そう言いつつも拒否の色はなく、下ろした私の髪にサラサラと指を通す。

公爵家お抱えの美容部員に連日お手入れしてもらっているおかげで、指通りは最高のはずだ。

「毎日フローレスの夢を見た」

「私もよ」

「ずっとフローレスのことばかり考えていた」

「負けないわ」

張り合うように言えば、ライアンが目を細めて笑いながら私の頬に口づけた。

それから至近距離でじっと見つめ合う。

鼻先が触れ合って、どちらからともなく目を閉じた。

重なる唇からじわりとライアンの熱が伝わって、全身に広がっていく。久しぶりのキスに胸が震えて、自分でもよく分からない衝動に戸惑う。

しばらく会えないうちに、こんなにもライアンへの感情が大きくなっていたなんて。

何度も口づけを繰り返していくうちに、心音が速さを増していく。

ライアンの手が肩から腰へとゆっくり下がって、心臓が一際大きな音を立てた。

けれどそこでキスが止んで、ライアンの熱が離れてしまった。

「……自分が紳士であることをこんなに悔やむ日がくるなんて」

グッと堪えるように眉根を寄せてライアンが言う。

やはりここに泊まっていくつもりはないようだ。

「紳士もたまには休みたいんじゃないかしら」

少し息が上がった状態で言えば、ライアンが苦笑しながらもう一度キスをくれた。

「フローレスが好きだ」

それから真っ直ぐに私の目を見て、真剣な表情で言う。

「何よりも大切なんだ。だから、ちゃんとしたい」

「分かった。寂しいけど、我慢するわ」

少し残念な気持ちはあったけれど、それ以上にライアンの気持ちが嬉しくて素直に諦める。

「だけど、最後にもう一度抱きしめてもらってもいい？」

「もちろんだとも」

私の質問にライアンは嬉しそうに笑って、力強く抱きしめてくれた。

私も目一杯の力で抱き返し、ようやく恋人と再会できた喜びを噛み締めた。

翌朝目を覚ますと、オリヴィアがわざわざ私の部屋へ迎えに来てくれた。

「あら、ライアンがいると思ったけど予想が外れたようね」

「……オリヴィア様？」

まさかオリヴィアが泊まりを推奨するようなことを言い出すとは思っておらず、つい聞き返してしまう。

「やぁね、冗談よ冗談」

そう言いながらつまらなそうな顔をしているあたり、ちっとも冗談じゃなさそうだ。真っ先にここに来たのは、ライアンを揶揄うつもりだったのかもしれない。

「朝食に誘いに来たのよ。せっかくライアンが帰ってきたのだし、みんなで食べましょう」

「お誘いありがとうございます。すぐに支度をしますね」

「キースも帰ってきてるわ。面識はあるわよね？」

どうやら今朝はライアンの弟のキースもいるらしい。

王宮勤めで重要なポジションにつく彼は、普段王宮に住み込みで働いていて、滅多にクリフォード邸には顔を出さないのだそうだ。

「はい。しばらくお会いしていなかったので嬉しいです」

「よかった。では先に行っているわね」

オリヴィアが部屋を出ていった後も、そこには華やかな空気が残っているようで、彼女の存在感の強さに改めて感心してしまう。

貴族生活に多少慣れてきたとはいえ、いまだに使用人に着替えを手伝ってもらうことすら抵抗がある私と王家出身の彼女とでは、まだまだ雲泥の差があるらしい。


着替えを終えて食堂に行くと、すでにクリフォード家の面々が勢ぞろいしていた。

「お久しぶりです、フローレスさん」

「久しぶり、キース君。また会えて嬉しいわ」

すぐに私に気づいてキースが挨拶をしてくれる。

彼も立派な貴族だというのに、相変わらず私に丁寧に接してくれるのがなんだかくすぐったい。

「カトレア様はお元気かしら」

「はい。またカフェに遊びに行きたいとしょっちゅう言っています」

ライアンの隣の席に着きながら問うと、キースが嬉しそうに目を細めながら答えてくれる。

この国の王女であるカトレアは、私の店が一時的に経営不振になったのは自分のせいもあるとして、店が落ち着くまでしばらくは来店を控えると決めているらしい。私としては全然カトレアのせいだとは思っていないし、いつでも来てほしいと思っている。けれどそうこうしているうちにライアンとの婚約やら貴族修業やらで忙しくなってしまって、会えないままだった。

「もし良かったら、会いに行ってあげてください。きっと喜びます」

「でも、私が王宮に入っていいのかしら」

カトレアには会いに行きたいけれど、いくらライアンと婚約すると言ってもまだただの庶民だ。気軽に王宮に入れる身分ではない。

「そこは兄上にお任せします」

「ライアンに？」

「ああ、任せておけ」

戸惑いながら問い返してライアンを見ると、彼は嬉しそうに笑った。

「でも、忙しいんじゃないの？」

「実は、遠征の慰労で一週間の休暇をもらったんだ」

「本当に!?」

ということは、一週間も一緒にいられるのか。

嬉しさのあまり、つい声が弾んでしまう。

「ああ。三ヶ月近く休みなしで働かされたからね。当然の権利だ」

「あらいいじゃない。どうせだから王宮デートを楽しんできなさいな」

ウキウキと言うライアンに、オリヴィアがそう提案してきた。

「それは名案だ。私たちも若い頃はよく二人で連れ歩いたものだ」

公爵が懐かしむように言って、隣に座るオリヴィアの手をそっと握り、しばらく二人で見つめ合う。

「王宮には美しい場所がたくさんある。ライアン、フローレスさんを案内してあげなさい」

「テラスやガゼボも素敵だし、パーラーやサンルームもあちこちにあるわ。きっと気に入ると思うの」

それから私たちに向き直ると、二人のオススメの場所を次々に教えてくれた。

その場所を想像するだけでワクワクしてくる。王宮の敷地内にあるということは、何から何まで凝っていて、見ているだけでも楽しいはずだ。それに、もしかしたら今後の店作りの参考にもなる場所もあるかもしれない。

「どうだろうフローレス。俺に案内させてくれるかい」

「せっかくのお休みなのに、いいの？」

「もちろん。俺の好きな場所も連れていきたいし」

「ありがとうライアン！　いいえむしろ私からお願いすべきだわ」

よろしくね、と右手を差し出せば、しっかり握り返されて笑い合う。

「どこかで休憩する時にはカトレアも呼びましょうか。一緒にお茶でも」

「是非お願いしたいわ！　嬉しい。どうしよう、楽しみなことがたくさんだわ」

キースが名案をくれて、ドキドキしてくる。昨日までライアンと話せないことであんなに悩んでいたのが嘘のようだ。

「不安に耐えて頑張ったご褒美ね。お茶の手配なんかはキースに頼むといいわ」

オリヴィアが穏やかに微笑みながら言う。

そんな風に言ってもらえるなんて思っていなくて、ライアン不在の間も泣きごとを言わずに頑張って良かったと心から思えた。

「ありがとうございます。すべてオリヴィア様のおかげです」

「いいのよ。昨夜はいいものを見せてもらったし」

上機嫌に言われて一瞬思考が止まる。そういえば、昨日の夜会での一部始終はもちろんオリヴィアにもすべて見られているのだ。

「んふふ、あの啖呵（たんか）最高だったわ。それにお嬢さんたちの面食らった顔ときたらもう！」

ケラケラ声を上げて笑う姿さえ品があって、公爵が隣で愛おしそうにオリヴィアを見ている。

「昨夜のことは忘れていただけますか？」

「そんなの無理よ！　お友達に話してあげなくっちゃ」

「やめてください……」

恋人の母親の前で盛大に見得を切ってしまうなんて。

私は恥ずかしさのあまり逃げ出したくなったけれど、ライアンが隣で「ごめん、母はああいう人なんだ……」と申し訳なさそうに言うのでなんとか耐えた。

オリヴィアが言った通り、王宮の敷地内には素敵な場所がたくさんあった。

立派なお城を取り囲む敷地全体が綺麗に整えられていて、まるでひとつの観光地のようだ。

ライアンが休暇をもらって三日目だが、毎日デートしていてもいまだにすべては回りきれていない。

にぎやかで華やかな王都で街歩きをするのとは違って、王宮の敷地内は厳かで静謐（せいひつ）な空気が漂っていてまた違った良さがある。

よく手入れされた庭には季節の花々が咲き乱れ、ただ歩いているだけでも楽しい気持ちにさせてくれた。

「ここはフローレスのカフェを見つけるまで休憩場所に使ってたガゼボだ」

しばらく散歩した後で、庭の奥まった場所にあるガゼボまで来てライアンが言う。他に比べてずいぶんと質素な場所だ。さすがに手入れが行き届いていないというわけではないが、目を楽しませてくれる花はほぼないに等しい。

「こんな人気（ひとけ）のないところで休憩していたの？」

「簡単に見つからない場所じゃないと、休憩時間でもお構いなしに話しかけられるんだ」

テーブルを挟んで向かい合わせに座りながら、当時を思い出したのか少しうんざりしたようにライアンが言う。

「でも結局ここも見つかって、知り合いに見つからない場所を探して彷徨って、ようやくあのカフェに辿り着いた」

「なんだか壮大な話ね……」

だけどこの王宮の広さを体験したあとだと、その言葉にも説得力があった。

敷地内の人口密度は街中に比べて極端に低いが、会う人会う人がライアンと顔見知りなのだ。

「挨拶だけで済めばいいんだが、だいたいがそれで終わらなくてね」

「その中に、女性はどれくらいいたの？」

さりげなく探りを入れてみると、ライアンが気まずそうに目を逸らした。

「結構な割合なのね。しかも王宮で働いている女性ではないと見たわ」

私でも立ち入ることができたように、王宮は身元のはっきりした貴族や商人、それにここで働く人間たちの、親類縁者なんかも許可があれば入ることができるのだ。衛兵が監視しているような重要な場所でなければ、ひとりでフラフラしていても咎められることはないらしい。

「肯定したら嫉妬してくれるのかい」

「それはもう、これでもかというくらいするわ」

「では正直に頷いておこう」

素直に嫉妬を認めれば、ライアンがあっさり嬉しそうに真実を明かしてくれた。

「不思議と、御父上の仕事を見学に来てはぐれてしまったというご令嬢に出くわすことが多かったな」

揶揄するように言って、ライアンが肩を竦める。

たぶんそれは十中八九、一方的なお見合いだったのだろう。

クリフォード家と縁を結びたい貴族の当主たちが、こぞってライアンの元に自分の娘を送り込んだのだ。そうして迷子だから出口まで案内してほしいとかなんとか言って、ライアンとのデート時間を確保していたのだろう。

仕事の休憩のたびそんな目に遭っては、休まるものも休まらなくなる。

「大変だったのね」

嫉妬より同情して言うと、「分かってくれて嬉しいよ」とライアンが苦笑した。

「フローレスとなら毎日会いたいと思えるのに」

「光栄ですわクリフォード様。父にそう伝えておきます」

「そうしてくれたまえ。明日にでも結婚の申し込みに行く」

私の冗談にライアンも冗談を返して、二人で笑い合う。

柔らかな風が気持ちよくて、なんだかとても幸せだった。

「……王宮にフローレスがいるって、なんだか不思議だ」

「そうね、私もなんか変な感じよ」

言って互いに照れ笑いを交わす。

休暇中とはいえ、王宮に出入りするためライアンは休日仕様のラフな服装ではなく、綺麗目な格好をしている。それは騎士服とも正装ともまた違う魅力があって、思わず見惚れてしまうほどに似合っていた。

そんな素敵な人が私の恋人として目の前で笑っていて、しかもここは王宮のガゼボで、なんだか夢を見ているようだ。

「……ーレスー！　会いたかったですわっ、フローレスぅ～!!」

その夢見心地を助長するような存在が、喜色満面でこちらに走り寄ってくる。

プラチナブロンドの美しい髪が陽光にキラキラと反射して綺麗だ。だけど彼女は物語のお姫様なんかではなく、本物のお姫様だった。

「カトレア様だわ！　ねえライアン、ほら！」

興奮気味にライアンを見れば、初めから彼女が来ることを知っていたのだろう、得意げな顔をしていた。きっと私のために呼んでくれたのだろう。

その後ろから、微笑ましそうに目を細めながらキースがついてきていた。

「なんだあいつ、大荷物だな」

ライアンが笑いながら言って立ち上がる。

「ちょっと手伝ってくる」

キースは両手に大きなバスケットを二つ提げていて、ライアンはその荷物を受け取りにキースのもとに駆けていった。私もそれについて走り出す。王女様にばかり走らせるわけにはいかない。

「カトレア様、お久しぶりです！」

「ハァ、フローレス、ようやく会えましたわね、ふふっ、ハァ」

頬を上気させながら、息を切らせてカトレアが嬉しそうに言う。

「会いに来ていただけて光栄です。本当なら私から伺うべきでしたのに」

「いいえ、ライアンお兄様に無理を言って引き留めていただいたのです。今日はわたくしがフローレスにお茶を振る舞おうと思って」

再会を喜び合う私たちの後ろで、ライアンとキースがバスケットの中身をテーブルの上に広げ始める。そこには昼食用の軽食や焼き菓子だけでなく、茶器セットまであった。

「お湯は兄さんに任せた」

「お安いご用だ」

キースから水入りのポットを受け取って、ライアンが何事かを呟く。その瞬間ポットが光を帯びて、あっという間にお湯が沸いてしまった。

「すごい！　ライアンってなんでもできるのね!?」

「フローレスのためならなんでもするさ。さあ、二人とも席について」

驚く私にライアンが嬉しそうに笑って、私たちを手招きした。

少し離れたところにカトレアの護衛と思しき男性数名がいたが、彼らは同席しないらしい。

宣言通りカトレアが手ずから紅茶の用意をしてくれて、一国の王女様に淹れてもらうなんて、なんて贅沢なことなのだろうと感動してしまう。

他国との外交の際に王女が自国原産の紅茶を振る舞うこともあるというから、きちんと学んでいるのだろう。カトレアは慣れた手つきで茶葉を入れ、きっちり時間を計ってティーポットからカップへ紅茶を注いだ。

「美味しいです……！」

一口いただいた瞬間、思わず感嘆の声が漏れた。

それを聞いてカトレアがホッとしたように息を吐く。

「ああよかった。プロに飲んでいただくのは緊張しますわね」

「他国の王族に振る舞う時より緊張してたね」

キースが冗談交じりに言って、カトレアが頬を赤らめる。

「だって、フローレスの淹れてくれる紅茶は本当に美味しいんですもの。あれからわたくし、フローレスを見習ってたくさん練習したんですのよ」

「ありがとうございます。カトレア様にそう言っていただけると、ますます自信がつきます」

カトレアと私の会話を、ライアンがニコニコと見守っている。

彼女のことを妹のように大切に思っていると言っていたから、私と仲良く話しているのが嬉しい

らしい。

カトレアは私がクリフォード家に滞在している間の話を聞きたがった。

ケイトリンやマリアンナのことを話すと一緒に喜んでくれて、リリアやその他の令嬢とのことを話すと可愛らしく腹を立ててくれた。

「まあなんて方なの！　フローレスにそんな失礼なことをするなんて！」

ワナワナと拳を握り締め、怒りに燃えた目をしていてもひたすらに可愛らしい。

私はそんな彼女の仕草に癒されて、リリアへの不満などすっかりどうでもよくなってしまった。

「前々から合わない方だと感じていましたけれど、そんな人だったなんて」

「カトレア様に対しても失礼なことを？」

「いえ……失礼というほどではありませんが、少し距離が近いなとは」

「いや、あれは十分失礼な振る舞いだよカトレア」

言葉を濁すカトレアに、キースがきっぱりと言う。

それだけでなんとなくカトレアに対するリリアの態度が想像できて、げんなりしてしまった。

公爵家というものはもともと、王族の女性が嫁いだり王位継承権のない王子が養子になったりして、濃い親類関係にある。ライアンとキースの母親であるオリヴィア様も、現国王陛下の妹に当たる方だ。

スターリング家も直近ではないが、過去に王族が嫁いでいる。リリアはきっと、そんな家に嫁いだ自分も王族の一員になったつもりで馴れ馴れしくカトレアに話しかけてきたのだろう。

「カトレアは優しすぎるからね」

「そうですよカトレア様。リリアはほっとくとどこまでも調子に乗るんですから」

苦笑しながら言うライアンのあとに、私が怖い顔で続ける。

「まあ……どうしましょう……」

怯えた表情になるカトレアの隣で、キースが安心させるように肩を抱いた。

「何かきっかけがあれば、いつでも処罰するつもりでいますが」

そうして据わった目で物騒なことを言う。

どうやら無礼千万なリリアの態度に、カトレアよりもキースの方が腹を立てているらしい。

キースが言うには、これまで出てきた証拠ではスターリング家を罰することはできても、リリア個人を罰するのは難しいらしい。現状、客観的に見れば彼女はあくまでも不正を働く公爵家に知らずに嫁いでしまった哀れな被害者でしかないのだ。

「残念ながらこのままでは彼女は無罪放免となり、リカルドさんと離縁するだけで大したダメージもないはずです」

私への嫌がらせを煽動したり、嘘の噂を流したというのも、確かな証拠があるわけではない。リカルドやスターリング家当主夫妻のしていたことなど知らぬ存ぜぬで通せば、それ以上の追及はできないらしい。

だけど実際のところ、キースは忙しくてリリアのことになんてかかずらっていられないはずだ。

「何か見つけたらすぐにでも報告するわ」

力強く頷いてみせると、キースが「よろしくお願いします」と言って深々と頭を下げた。

「わたくしにも協力できることがあれば、なんでも言ってちょうだいね！」

カトレアが身を乗り出して憤然と言う。

キースはちっとも任せる気がなさそうな優しい微笑みで「頼りにしています」と宥めるように言った。

幸か不幸か、ライアンが戻ってきて以来リリア派閥はすっかり大人しくなってしまった。

どうやらあの日の夜会でライアンが躊躇なく私を庇ったのを見て、毒気を抜かれてしまったらしい。あるいは悪い噂を鵜呑みにした自分たちを恥じているのかもしれない。

それに、その後も夜会の度にライアンはパートナーとして私のそばを離れず、ストレートな愛情を隠しもしない表情を見ていればさすがに何か悟るものがあったはずだ。

私さえ蹴落とせばライアンを振り向かせるチャンスがあるかもしれないと思っていた令嬢たちも、私がなにかするまでもなく軒並み撃退されてくれたようだった。

そんな中、ただ一人リリアだけが私に噛み付くのをやめようとしなかった。

「あの子も諦め悪いわね」

久しぶりの夜会に参加したグレタが、呆れたように言う。

「フローレス、彼女に嫌がらせをされたらすぐに俺に言ってくれ」

「大丈夫よ、リリア一人くらい自分でなんとかできるわ」

「いいや彼女がどんな汚い手を使ってくるか分からないだろう。油断は禁物だ」

ライアンが厳しい表情で言う。

これまでの通信で、私はリリア一派のことは伏せて「庶民だからあまり歓迎されていないみたい」という程度の説明をしていた。

戦闘に集中しなくてはいけない彼に余計な心配はさせたくなかったし、これくらい一人で解決できなければライアンの妻になる資格はないと思っていたからだ。

けれどライアンは不在の間のいざこざを、いつの間にかグレタから詳しく聞き出していたらしい。

おかげでなんだか過保護になってしまっている。

「もう、グレタったら。こうなるのが分かってたから詳しく言わなかったのに」

「なによ、隠す方が悪いんじゃない。私悪くないもーん」

責めるように言っても、グレタは知らん顔で次から次に声をかけてくる男性を軽くあしらっている。独身で美人で優秀なグレタは、男性に大人気なのだ。

「ライトマンを責めないでくれ。俺が無理やり聞き出したんだ」

「ま、聞かれなくても話したけど」

せっかくライアンがフォローしたのに、グレタはペロリと舌を出しておどけて見せる。どうやら本当に悪いことだとは思っていないらしい。

「夫婦になるんだから、隠し事なんてよくないと思うわ」

「別に隠してなんかないわ。言わなかっただけで」

「フローレス、他に俺に言ってないことは？」

グレタに言い返すと、すかさずライアンが追及してくる。

「ないけど……」

「独身男に言い寄られたことは話したの？」

「グレタ！」

そこもあえて言わなかったのに、さらりとグレタにバラされてしまう。

「詳しく聞こうか」

そう言ってライアンが薄く笑っているのがそこはかとなく怖い。

「言い寄られてたっていうか、この歳で社交界デビューした女が珍しかったみたいで」

女性と違って男性は噂に疎い。夜会で見かけたことのなかった私の素性を、知りたがって声をかけてきた男性たちはいたけれど、別に言い寄られていたわけではないはずだ。

「やはり早く戻ってきて正解だったな」

「あなたが露骨に牽制するから、もう誰もフローレスにちょっかいかけられないわね」

その煽りで私が余計に声かけられるんだけど、とグレタがぼやく。

「だからそんなんじゃないんだってば……」

大袈裟な二人に呆れながら言うが、残念ながら私の主張は通らないようだ。

「まあとにかく、ライアンもそばにいてくれることだし、リリアももういないし、何も心配はいらないわ」

「そういえばいつの間にか姿が見えないわね」

リリアの姿を捜してグレタがキョロキョロと会場を見回す。

「ライアンに恐れをなしたのかしら」

「まだ何もしていないが」

「あら、さっき喧嘩を売りにきた時、思い切り冷たい目で睨んでたじゃない」

「この女性は誰だったろうと考えていただけだ」

グレタの指摘にライアンが心外そうに片眉を上げた。

「いい加減覚えてあげなさいよ。もう何度か顔を合わせているでしょう?」

グレタの言うとおり、私と違って元々貴族のリリアとライアンは、社交界デビュー以来何度か会う機会があったはずだ。それどころか、リリアが公爵家に嫁入りして以降は公爵家同士の繋がりで顔を合わせる頻度が上がっていたはずだ。

何より、記憶力のいいライアンがそんなリリアの顔を忘れるはずがない。

だからやっぱり、グレタの言うとおりライアンは彼女をリリアと分かった上でしっかり睨んでいたのだろう。

「ライアンって、嫌いな人にはとことん冷たいわよね」

「改めた方がいいならそうするけど」

「まさか。そういうところも大好きよ」

「はいはい。イチャイチャは帰ってからどうぞ」

「イチャイチャなんてしてないでしょう。普段通りの会話よ」

呆れた調子のグレタに言い返す。けれどグレタは「よく言うわ」と真面目にとりあってくれなかった。

「ふん、もういいわ。私、お化粧室に行ってくる」

「ついていこう」

「大丈夫よ。このお屋敷、二度目だもの。場所は知ってるわ」

「ダメだ。一人になったタイミングで声をかけてくる男は少なくない」

過保護なライアンが、頑とした態度で譲らない。

「も〜……、ちょっとグレタ、何よその目は」

呆れ半分、可愛さ半分で苦笑する私に、グレタが揶揄するような目を向けてくる。

「べぇっつにぃ？　仲が良くて羨ましいわと思って」

ニヤニヤしながら言うグレタを軽く小突いて、仕方なくライアンの手を引いて会場を出る。

「グレタったら、絶対面白がってるわ」

「仲が良くて羨ましいのは俺の方だ」

廊下を歩きながらブツブツ言う私に、ライアンがそんなことを言う。

「……もしかして嫉妬してるの？」

揶揄するように言えば、ライアンが真面目な顔で頷いた。

「してる。かなり」

夜会で男性に声をかけられたと知った時よりよほど面白くなさそうな顔で言う。

「そうなの？」

「君はライトマンを心から信頼しているだろう」

「そうね。グレタは絶対に私を裏切らないと思ってる」

グレタは私が不利になるようなことは絶対にしない。彼女が私の意に反して何かをする時は、必ずそれが私のためになると信じている時だ。

私の隠し事をライアンに告げられようと、本気で怒らないのはそういうことだ。

「俺の一番のライバルは彼女だ」

「グレタが聞いたら嬉々として受けて立つでしょうね」

真顔で言うライアンに思わず笑ってしまう。

大好きな二人に取り合われるなんて最高だ。

「本気にしてないな？」

フカフカの廊下を浮かれた足取りで進む私に、ライアンが苦笑しながらため息をつく。

「そんなことないわ、っと」

言いながら角を曲がろうとして、咄嗟に足を止める。

「どうした？」

「しーっ！」

慌てて人差し指を口の前に立てながらライアンを振り返り、その身体を壁に押し付ける。

曲がり角に身を隠しながら廊下の向こうをこっそり覗き見ると、そこにはライアンの視線で追い払われたリリアがいた。

「……リリア・スターリング、と、一緒にいる男はリカルドではないな」

ライアンの囁くとおり、彼女は一人ではなかった。

向かい合うように立っている男性との距離は不自然なほど近く、なんだかあやしげな雰囲気を醸し出している。

「もしかしてこれって……」

小声で呟く言葉に返答はない。けれどライアンもきっと同じことを思っているはずだ。

リリアはこちらに気づく様子もなく、楽しそうに男性とおしゃべりをしている。

男性がリリアの腰に触れた。既婚者の女性にそんなことをすれば、無礼者と罵られても反論はできない。

けれどリリアはそれを嬉しそうに受け入れ、あろうことか自分の腕を男性の首に巻きつけ、更に距離を近づけた。

「どうしよう、大変だわ」

私は突然のことに動揺しながら、いそいそと小さなカバンを開けて中を探った。それから何かあった時のために常に携帯している録画用の魔道具を取り出した。

「こんなこと、きっと誰にも知られちゃいけないわよね」

「……キミのそういうところを、心から愛しているよ」

ワクワクしながらスムーズに不倫現場を押さえる私を見て、止める様子もなくライアンがうっとりと言う。

そんなやりとりも知らず、とうとうリリアと男性は仲睦まじげにキスをし始めた。

それだけに留まらず、なんと二人は私たちが見ている前で、空き室と思われる部屋に消えてしまったのだった。

どうやらリリアはスターリング家という沈みゆく泥船から脱するため、新たな乗換先を探しているようだった。

それはライアンと探偵の真似事をして王宮に潜入し、聞き込み調査をして得た情報だ。

せっかくの休日を何に使っているのと思われるかもしれないが、二人でコソコソと嗅ぎ回るのは予想以上に楽しかった。ライアンもノリノリだし、王宮には事情を説明しなくても協力してくれる人間が多く、彼の人望を改めて感じたりもした。

グレタの情報網も借りれば、リリアの行動範囲を特定するのはそう難しいことではなかった。

現場に張り込みこっそり見張っていると、大抵は貴族の男性と二人で現れる。

リリアの相手は独身だったり既婚者だったり様々だ。目撃するたびに違う男性と睦み合っていて、呆れるより感心してしまう。

一日で複数人と会って愛を育むその体力は一体どこから湧いてくるのだろう。

ただ、高位貴族であれば嫡男まで大体覚えているというライアンが知っている人物ばかりだったので、貴族だったら誰でもいいというわけではなく、そういう男性ばかり狙っているのだろう。

「ここまで派手にやって、むしろ今までよくバレなかったものね」

「スターリング家のことが表沙汰になって、なりふり構っていられなくなったんじゃないか」

半ば感心しかけた私に、ライアンがもっともなことを言う。

「あ！　あの人！」

その中に、夜会で声を掛けてきたフェリックスという男を発見して、思わず小さく声を上げてしまった。

「知り合いか？」

怪訝な顔でライアンが聞いてくる。

「ええ。ライアンと連絡が取れない間、不安を煽るようなことを言ってきた人よ」

「なんだと」

リリアとイチャイチャしているのを見て、あの時感じたモヤモヤの正体がようやく理解できた。

つまりフェリックスは、リリアに唆されていたのだ。

私に声を掛けてきたのも、ライアンが浮気しているかのように煽ってきたのも、リリアの指示だったに違いない。

どうりで最初からやけに親し気だったわけだ。どうにも胡散臭いと思っていたけれど、初対面の女に恋人の浮気を仄めかすなんて碌でもない男だという勘は当たっていたらしい。

「どこの家の人か分かる？」

「あれはレヴィエ侯爵家の長男だな。第三騎士団所属だが、確かリカルドと仲が良かったはずだ」

「うわ嫌な名前聞いたわ」

ライアンの情報を聞いて思わず顔を顰めてしまう。

それにしてもリリアの見境なさは私の常識の遥かに上をいっているようだ。

まさか夫の友人にまで手を出すとは。

リカルドに同情の余地はまったくといっていいほどないけれど、なんなら因果応報とまで思っているけれど、リリアの節操のなさには唖然としてしまう。

「しかも結婚したばかりだ」

「どっちもびっくりするくらい最低ね」

不倫現場を録画しながらついそんな感想が漏れてしまう。音声が入らないのは幸いだ。

そんなこんなで、ライアンの休暇が終わるまでのほんの数日の間で、リリアの不貞の証拠は山ほど集まったのだった。


映像や音声を撮り溜めた魔道具と、リリアの相手の素性等をまとめた資料を持ってライアンとオリヴィアのもとを訪れる。

「どうするのが一番効果的でしょうか」

社交界の酸いも甘いも噛み分けたであろうオリヴィアなら、持っている武器でどう立ち回るのがベストかを教えてくれるはず。

「そうねぇ……」

その予想は当たったようで、面白そうに目を細めて証拠品の数々を眺めながら、オリヴィアは美しく微笑んだ。

「貴族女性にとって不倫は御法度だけど、刑罰を科されるほどではないのよね。裁判所にこれらを持っていったとしても、せいぜいが不倫相手の奥方に慰謝料を請求されるくらいかしら」

「やはりそうですか……」

今回のリリアの行動は、リカルドやスターリング家を相手にした時のような明らかな犯罪ではない。一夫一婦制のこの国では、後ろ指さされるほどの不祥事ではあっても、それを裁く法律は残念ながらないのだ。

「しかもこの先スターリングの後ろ盾はなくなると見るのが確実よね。そうするとリリア・スターリングに慰謝料の支払い能力はないと思った方がいいわ」

「だとすると、訴え損になりますね」

「母上のお力でなんとかできませんか」

ライアンに聞かれて、オリヴィアが「さすがにそこまでの力はないわ」と可愛らしく肩を竦めた。

「でもそうね、わたくしにできることと言ったら、お茶会を開くことくらいかしら」

にっこりと微笑んで、オリヴィアがそんなことを言う。

「母上、冗談を言っている場合では」

ライアンが呆れ交じりに止めようとするが、私には彼女の言いたいことがすぐに理解できた。

「なるほど、さしずめ『リリア・スターリング被害者の会』といったところですか」

「そういうこと」

私の返答に彼女は嬉しそうに笑い、ライアンに向かって「まだまだね」と茶化すように言った。

「女性同士で慰め合うということですか？」

「そんなことをして浮気された女性の気がおさまるわけがないでしょう」

女心を分かっていないわね、とオリヴィアがライアンにダメ出しをする。

「つまり、すべてつまびらかにしましょうってことよ」

「でも、そんなことして何か問題になったりしませんか？」

「大丈夫よぉ。もし何かあったら、それこそわたくしの力でなんとかしてみせるわ」

自信満々に言われてしまえば、それ以上私に言えることはない。

「あの子には少しくらい痛い目を見てもらわなくっちゃ」

私以上にワクワクし始めたオリヴィアが意外で、説明を求めチラリとライアンに視線を向ける。

「母はリリア・スターリングのことが大嫌いなんだ……」

苦笑いを浮かべながら、ライアンはとても分かりやすい答えをくれた。

カトレアに対してもそうだったように、公爵家の仲間入りを果たしてからのリリアはオリヴィアを対等扱いして無礼に無礼を重ねてきたらしい。

カトレアの時も思ったけれど、こんな別次元に存在するような尊い方たちを、よく自分と同列に扱えるものだ。そうあれるように努力したのならともかく、ただリカルドと結婚したというだけなのに。

リリアは私のことを厚かましいとよく言ってきたけれど、本当に厚かましいのはどっちなんだか。

「では、オリヴィア様のためにも全力でいかせていただきますね」

「ええ、やっておしまいなさい」

未来の義母のためにも、きっちりやり返してみせよう。

そう決意を込めて言えば、オリヴィアの信頼に満ちた答えが返ってきた。

被害者の会が開催されたのは、その一週間後のことだった。

招待状を送った方たちは、リリアを含めなんと全員が参加を表明してくれた。

休暇期間を終えて職場に復帰しなければならないライアンは、ものすごく心配そうにしていた。

けれど私とオリヴィアが手を組んだなら無敵な気がするとも言っていた。

改めてオリヴィアの存在の心強さを実感しながら、彼女と一緒に玄関で招待客を迎える。

「本日はお招きいただき光栄です。マリアンナ・ペンブルトン、オリヴィア様にお会いしたくて馳(は)せ参(さん)じました」

緊張と高揚で頬を真っ赤にしたマリアンナが、オリヴィアに丁寧な口上を述べる。

「いらっしゃい、マリアンナさん。もっとお話がしたいと思ってたの。来てくれて嬉しいわ」

オリヴィアの優雅な微笑みに、マリアンナが悲鳴を堪えているのが横で見ていてすぐに分かった。

「ちょっとフローレス、こっちで少しお話ししましょう！」

私の腕を強引に引いて、オリヴィアから離れたところでマリアンナが足を止める。

「ねぇ、ちょっとどういうことなの？　今日のお茶会、どういう集まりなの？」

マリアンナの困惑ももっともだ。

貴族社会は縦横の繋がりをとても大事にするので、お茶会でも夜会でも、主催者の思惑によって招待客の顔ぶれが変わっていく。仲良くさせたい家同士だったり、味方につけたい人だったり、その内容は様々だ。だからこそ招待客は、招待状の返事を書く前に、他に誰が呼ばれていて、どんな思惑が隠されているのかを探るのだ。

けれど今回に限っては、調べたところでその繋がりは見つからないはずだ。何せリリアの不倫が発端の会なのだから。

普通であれば、意図が不明なお茶会は敬遠されがちだ。けれど今日の主催者は社交界のトップに君臨していると言っても過言ではない、オリヴィア・クリフォードなのだ。もし断って後々仲間外れにされるようなことになれば、社交界での立ち位置が危うくなるかもしれない。そんな不安が彼女たちを今日の参加に導いたのだろう。

オリヴィアの名前には、それだけの意味があるのだ。

「大丈夫、マリアンナ様の悪いようにはなりませんから」

まだ詳細を伝えるわけにはいかず、曖昧に濁す。

「それに、前に約束したじゃないですか。オリヴィア様主催のお茶会にご招待しますって」

「それはそうだけど……」

マリアンナは到底納得していないようだったけれど、オリヴィアから向けられる視線に気づいて慌てて居住まいを正し、控え室へと渋々向かっていった。

その後何人かの賓客をお迎えして、開催予定時刻まであと少しという時になった。

招待客は残すところあと一人だ。

「あらあら、本日の主役のお出ましよ」

満を持して登場したリリアを見て、オリヴィアが揶揄を込めて言う。

「わたくし、あの子とお話ししたくないから先に行ってるわね」

「ええっ、ずるいですよオリヴィア様！」

子供みたいな理由でその場を去ろうとするオリヴィアに、責めるように言っても聞く耳をもたず、彼女は華麗な足取りでさっさと行ってしまった。

「まったくもう……」

一人残されてボヤいてみるが、言葉に反して口元は笑ってしまっていた。自分勝手な振る舞いのはずなのに、オリヴィアだから不思議と許せてしまうのだ。

「ちょっと、せっかく来てあげたのに挨拶はなし？」

オリヴィアを見送る私の背後から、不機嫌な声が掛かる。

思い切りため息をつきたいのを堪えて、仕方なく振り返る。

「ようこそいらっしゃいました、リリア・スターリング様。ようやく全員揃いましたので、お茶会を始めさせていただきます。あちらの控え室でお待ちください」

少しの皮肉を込めてとびきりの笑顔で迎えると、リリアは挨拶もせずに私の顔を見るなりフンと下品に鼻を鳴らした。

「あなたの名前でこの私をクリフォード邸に呼び出すだなんて、ずいぶんいいご身分ですこと」

嘲笑と嫌味をたっぷり込めてリリアが言う。

今回のお茶会はオリヴィアと私の連名で行われている。

公爵家の人間でもない、まだ正式な婚約者でもない私の名前を招待状に載せるなんて、本来であれば確かにありえないことだ。

けれど私はこれから起こることに責任を持つつもりだったし、何より私の名前を見ればリリアが絶対に参加すると見越していた。

案の定リリアは私の名前に過剰反応してくれているようだし、他の招待客やこのお茶会の意図を調べることもせず、脊髄反射で参加の返事を出したのだろう。

もしリリアにもう少し慎重さと思慮深さがあれば、招待客同士の繋がりを見つけ出すことができたはずなのに。

お茶会は和やかに始まり、参加メンバーの多少の戸惑いも、すぐにオリヴィアの話術のおかげで霧散していった。

少人数だったのもあって、全員がオリヴィアを中心にして会話が広がっていく。

それを面白く思わないらしいリリアが、ことあるごとに話題の中心を奪おうとしては失敗していた。

そんなに焦らなくても、もうすぐ主役の座に嫌でも座らされることになるのに。

そう思ったタイミングで、オリヴィアが私に目配せをしてきた。

ここからが本番だ。

「さて、場も温まってきたようだし、そろそろ今日の趣旨をお伝えしようかしら」

オリヴィアの言葉を合図に立ち上がる。

隣に座っていたマリアンナが、不安そうに私を見上げてきた。彼女を安心させるように微笑んでから、懐から魔道具を取り出し定位置へとつく。

「今日は上映会をしようと思って皆さんをご招待いたしましたの」

オリヴィアが言えば、招待客たちの間から「まあ素敵」「さすがオリヴィア様ですわ」と彼女を称（たた）える声が上がった。

多分彼女たちは、演劇の記録だとか綺麗な風景だとかを期待しているのだろう。

私は少し申し訳ない気持ちになりながら魔道具を操作して、白壁に向けてスイッチをオンにした。

そこに映像が映し出される。

綺麗に手入れされた庭だ。人影はなく、何かの建物の陰なのか、陽当（ひあ）たりや見通しはあまりよくない。どこか寂しい雰囲気が漂っていて、人を集めてまで見せるような場所とは言い難かった。

「これ、どこかしら？」

「まだお花の時期じゃないみたい」

招待客たちが、ここがどこなのかを推測し無邪気に当てっこをしている。

「これは……もしかして王宮の庭ですの？」

そんな中、マリアンナが見事に言い当てた。彼女の父親であるペンブルトン侯爵は国の重鎮として王宮に勤めていて、彼女も連れていかれることがあるのだろう。

静止画に見えていたそこに、一人の男性の後ろ姿が加わった。彼はソワソワと落ち着きなく周囲を見回している。

「……これ、私の夫だわ」

それまで静かに映像を見ていた女性が、不審そうに眉根を寄せながら小さく呟いた。後ろ姿と動作の癖だけでその男性が何者か見分けられたのだろう。さすが彼の妻だ。

対するリリアはと見てみれば、まったく思い当たる節がないのか、何も分かっていない顔で映像を見ていた。

ただ、ほとんどの女性がリリアと同じようにきょとんとした顔のままだ。自分には関わりのない何かが始まったのだろうと、様子見ムードだった。

その三秒後に、事態は一転する。

男性の前にリリアが登場したのだ。

招待客の間にどよめきが起こる。

それからリリアに注目が集まった。

リリアの顔が強張(こわば)る。さすがにこれがどういうシーンなのか思い出したのだろう。

「なに、どういうことなの？　どうして私の夫とリリア様が……？」

困惑と疑惑と、少しの確信と。

そんな感情がないまぜになったまま、女性の顔が徐々に怒りに染まっていく。

映像の中で、男性とリリアが間近に見つめ合っている。音声はないが、親しげに言葉を交わしているのは彼らの表情を見れば嫌でも伝わってきた。

男性がリリアの腰を抱き寄せる。二人の身体が密着して、あちこちで悲鳴が上がった。二人の顔が近づいていく。リリアがうっとりと目を閉じた。唇が重なるその瞬間。

「どういうことなのよ!!」

女性が憤怒の表情でリリアに摑(つか)み掛かった。

「知らない！　私じゃないわ！　あんなの捏造(ねつぞう)よ‼」

即座に否定するけれど、残念ながら今の技術では録画の記録を改竄(かいざん)することはできない。

「どう見てもあんたじゃない！　しらばっくれるんじゃないわよ！」

「私じゃない！　私は知らないわ！　これは何かの罠(わな)よ！　ほ、ほら見て！　何もしてないじゃない！」

リリアが焦ったように言って白壁を指差す。

映像はいつの間にか別の風景を映していて、決定的な瞬間は流れていなかった。

「たまたまそういうふうに見えるところだけ切り取ったのよ！　フローレス！　あんたの仕業ね⁉」

矛先を私に向けることで言い逃れようと思ったのだろう。

もちろんこれは決定的なシーンが撮れなかったわけではなく、女性への配慮だ。いくら愛が冷めているとはいえ、さすがに自分の夫と他の女とのキスシーンなんて見たくないだろうから。

そう、今日ここに呼び出したのは、単純にリリアの餌食になった可哀想(かわいそう)な女性たちではなかった。

オリヴィアが厳選した、夫や婚約者に恨みつらみがありつつも別れるまでには至らない、けれど別れる理由を欲している女性たちなのだ。

さすがにラブラブなカップルへの暴露は慎重にならざるを得なかった。

マリアンナや他数人は別の理由があるのだけど、それはまた後だ。

「私はハメられたのよ！　分かるでしょう!?」

リリアが喚（わめ）いている間にも、次の映像が進んでいく。

また一人の男性が現れて、彼の婚約者が「アレン!?」と彼の名前を小さく叫んだ。

程なくしてリリアが現れる。走り寄ってきた彼女は、その勢いのままアレンという男性に抱きついた。

「違う！　あんなことしてない！」

愛しげにリリアの髪を撫でるアレンの映像に向かってリリアが叫ぶ。

アレンの婚約者が無表情に立ち上がり、リリアの頬を躊躇なく引っ叩（ぱた）く。

「あんた最低」

彼女は静かに言って、さらに近くにあったカップを持ってリリアの頭から紅茶をかけようとするのを他の女性に止められていた。

確か彼女はマリアンナ同様、リリアに私の悪口を吹き込まれ、一時的に私を敵視していた令嬢だ。

騙されて利用されていた分、余計に怒りが深いのだろう。

そうこうしているうちにまた別の映像に切り替わって、別の男性が映し出された。

いろんな場所でいろんな男性との密会が、映像や、時に音声のみを交えて繰り広げられていく。

今日の趣旨を理解したらしい招待客たちの表情には、嘆きや恐れではなく、次は自分の番かと待ち構えているような頼もしさがあった。

リリアは今にも逃げ出したそうな怯えた顔で、けれど両脇を他の招待客たちにガッチリ押さえられて逃げ場をなくしていた。

「本当に最低ね」

「一体何人と関係を持つつもり?」

「よほど時間があるのね。羨ましいわぁ」

「公爵家で必要とされていないのかしら」

こうして落ち着きを取り戻した招待客たちの嘲笑の中で、リリアの公開処刑は粛々と進められ、残すところマリアンナとあと数人というところまできた時だった。

『……こちらです、お待ちしておりましたわ』

唐突に映像が途切れ、リリアの音声だけが流れ始める。

リリアの選んだ密会場所によっては、撮影がどうしても難しい時があった。そういう時は録音機の出番だ。

『ああヴィクトール様、お会いしとうございました』

媚(こ)びを含んだ声でリリアが相手の名前を呼ぶ。その名を聞いて、マリアンナの顔が強張った。とうとう自分の番が来てしまったと理解したのだろう。彼女の婚約者を知っている女性たちから、マリアンナへ同情の視線が集まる。

『私は会いたくなどなかった』

けれどその場の予想に反して、男性の声はリリアへの拒絶の色が濃い。

『そんな……私は愛しいあなたに会うために無茶をしてここまで来たのに！』

『私の知ったことではない。もうこれきりにしてくれ。公爵の頼みというのは嘘なのだろう』

苛立ち交じりの声だ。どう聞いてもリリアへの情は感じない。

『嘘などではありません！　もしあの話がフイになったら、マリアンナ様にも災いが降りかかってしまいます！』

リリアが切迫した声音で意味深なことを言う。それを聞いてマリアンナは、一体何のことを言っているのかと顔を顰めた。

私が調べたところ、リリアは彼に近づくためにあらゆる嘘をついていた。だからこの会話の内容に真実は一切含まれていないはずだ。

『もう騙されんぞ薄汚い女狐め！　マリアンナ嬢に何かしてみろ！　地獄の果てまで追い詰めてやる！』

『そんな……！　私はただ、愛するあなたのためを想って』

『くだらん。私が愛しているのはマリアンナ嬢だけだ。貴様の愛など、口先だけの紛い物だろう。見抜けないと思っているのか』

「それが見抜けない馬鹿な男が山ほどいたのよね」

リリアとヴィクトールの会話を聞いて、招待客の一人が呆れたように言う。

「素敵。ヴィクトール様って、冷たそうに見えて情熱的な方だったのね」

「さすがペンブルトン侯爵家が選んだお相手ね。うちもこうだったらよかったのに」

これまでの男性とは違った反応を見せたヴィクトールと、その婚約者であるマリアンナに対する賞賛の声があちこちで上がる。

マリアンナの反応を確かめるために見てみれば、彼女は予想外の展開に顔を真っ赤にして俯(うつむ)いてしまっていた。

婚約者からあれだけの愛を見せつけられては、動揺してしまうのも無理はない。

そこからは今日の口直しとばかりに、リリアの誘惑に見事打ち勝った男性たちが映し出されていった。その婚約者や妻である招待客たちは歓声を浴び、愛情の深さを褒め称えられた。彼女たちは「なんか私たちだけ申し訳ないわね」とわざと自慢げに言って、ブーイングを浴びることで他の女性たちのガス抜き役をしてくれた。

そうしてこの世の終わりみたいな顔で沈黙するリリアをよそに、不貞を働かれた女性たちは強く団結し、リリアを社交界から締め出すことを決めたのだった。

後日、リリアのお相手の婚約者や妻たちから、離婚に有利な証拠をありがとうという丁寧なお礼状が届いた。すべてオリヴィアではなく、私に宛ててだ。

どうやらオリヴィアが今回のことは私が企画したことだと言ってくれたらしい。

自分のやったことを誇るつもりもないし、オリヴィアが手柄を横取りするような人ではないと分かっていたけれど、もし問題が起こっていた場合はオリヴィア一人の責任にしたのだろうと思うと、なんだか申し訳ない気持ちになった。

リリア派閥の取り巻きたちからも正式な謝罪があった。

あの日招待した女性の他にも被害者がいたようで、わざわざ全員でクリフォード邸まで謝罪に来てくれたのだ。彼女たちもやはりリリアから散々嘘を吹き込まれたせいで、私とライアンのことを誤解していたらしい。

その上「私たち親友よね」という顔で屋敷に上がり込んで、人の旦那を寝取っていたのだと聞かされては、もはや同情するしかない。

それから、マリアンナからは個人的なお茶会に招待された。

彼女と婚約者のヴィクトールは家同士が決めた完全な政略結婚で、向こうも義務だと思って自分に接しているのだと思っていたそうだ。

「だって二人で会ってもいつもむっつり黙っているんですもの。本当は私と結婚するのが嫌なんだと思っていましたの」

マリアンナは可愛らしく唇を尖らせながらブツブツと文句を言っている。けれどそれが照れ隠しだというのは、薔薇色の頬を見ればすぐに分かった。

「あの人、照れて緊張していただけだったとか言うんですのよ。信じられます？」

あんな怖いお顔で！　とマリアンナが嬉しそうに言う。

「結婚しても絶対愛されることはないのでしょうと諦めていたのよ。それがまさか、あんな風に思っていただけていたなんて……」

そこまで言って、被害者の会のことを思い出したのかマリアンナがポッと頬を赤らめる。

「……マリアンナ様も恋に落ちてしまったんですね？」

「いやですわもうフローレスったら！　そんな直接的に言わないでちょうだい！」

顔を真っ赤にしながらマリアンナが慌てふためく。

たぶん初恋なのだろう。ソワソワとウキウキとトキメキ。そんなフワフワした感情が前面に出ているマリアンナを見て、微笑ましい気持ちになる。

「それにしても信じられません。あんな女性に一時とはいえ騙されていたなんて。心底恥ずかしいですわ」

少し落ち着いてから、マリアンナが反省したように項垂れる。

ヴィクトールがマリアンナの婚約者だということを、もちろんリリアは知っていたらしい。その上で彼を横取りしようとしていたのだ。性質が悪いにもほどがある。

「フローレスには本当に申し訳ないことをしてしまいましたわ。侯爵家の娘として、あまりにも短慮で軽率な行いでした」

神妙な顔でマリアンナが頭を下げる。

「もう気にしないでください。マリアンナ様はすぐにリリアの言い分がおかしいって分かってくれましたもの」

「もう！　フローレスは甘すぎますわ！　私だけでなくリリアに対してだってそう！　もっと徹底的やることだってできましたのに！　でもそのおかげでわたくしも許していただけるのですけど！」

マリアンナはリリアに激怒しながら私に謝罪するという器用なことをやってのけた。

「あの場にいなかった方たちにも証拠をお渡ししましたし、これからあちこちで制裁を受けることでしょう。それでもう十分です」

これ以上私がなにかするまでもなく、離婚したり婚約破棄に至った人たちからリリアの噂は勝手に広まっていくはずだ。

法律で罰することはできなくても、慰謝料をとることができなくても、社交界に居場所がなくなることが彼女への一番の罰になったに違いない。

「でも、それでは私の気が済みませんわ」

「でしたらこうしましょう！　マリアンナ様、いつかうちの店にいらしてください」

どうしても納得してくれないマリアンナに、私は最善の解決策を提示する。

「あなたのお店？　王都にあるっていうあの？」

「はい。おかげさまで大繁盛で今は完全予約制となってしまいましたが、マリアンナ様が来てくださるのであればいつでも調整しますので」

営業スマイルでそう言うと、さっきまで申し訳なさそうにしていたマリアンナが呆れた顔になった。

「まったく商魂たくましいですわね。今回の騒動でどれだけ営業かけましたの？」

「それはもうありとあらゆる方に」

マリアンナが察しているように、謝罪や感謝を受けるたびに「店に来てくれればチャラ」といった内容を遠回しに伝えてきたのだ。

王都一番のカフェを目指す私に、この機を利用しない手はない。

もちろんオリヴィアと親しい貴族ばかりなので、彼女の許可を得てからにした。彼女は強引でなければ構わないし、当然の権利ねと笑ってくれた。

「いいわ。分かりました。私が懇意にしている方たちと、近く伺わせていただきます」

「ありがとうございます！　とびきりのおもてなしをさせていただきますね！」

個人ではなくお友達も連れてきてくれるなんて、なんて話の分かる方なのだろう。

感激しながら「約束ですよ」と念を押すと、「分かりましたったら」とうるさそうに顔をしかめた。

「……友人の頼みなら、ちゃんと叶(かな)えてさしあげますわよ」

やりすぎてしまっただろうかと反省しかけた私に、彼女は恥ずかしそうに目を伏せながらそう言った。

「なにそれ楽しそう！　私も呼んでよね！」

久々に閉店後のカフェに集まって、グレタとマックスにこれまでの顚末(てんまつ)を披露する。

私の隣にはライアンもいて、テーブル席の向かいにグレタとマックスが座っていた。

「私もって、グレタは別にリリアの被害に遭ってないじゃない」

「それはそうだけどさぁ」

リリアとのバトルについてグレタはほとんど知っていたけれど、『リリア・スターリング被害者の会』のことは今初めて話したので、なんだか悔しそうだ。

「でもそのリリアって人、離婚も慰謝料請求?もされてないんですよね?」

「それってあんまりダメージないんじゃないいんですか?」

タイラーとレイチェルが続けざまに質問してくる。

今日の締め作業と私たちへの給仕を買って出てくれたのはいいけれど、さっきから遠慮なく話に加わってきている。どうやら最初から私の話を聞くのが目的だったらしい。ここ数週間はほぼ店を任せきりにしていたから、すっかり貴族社会の内情に詳しくなって、私たちの話に興味津々なようだ。

「リリアの一番の目的って結局のところ、いいところに嫁いで、豪勢で楽で何もしなくてもちやほやされる暮らしを送りたいってことなわけよ」

ここまで露骨ではないけれど、確か学生時代にそんなようなことを言っていた。だからこそ庶民の私でも落とせたリカルドを横取りしようと思ったのだろう。

「うわ欲望丸出しじゃないですか」

「オレでももうちょっとマシな願望持ってますよ」

レイチェルとタイラーが嫌そうな顔で言う。

「で、それがスターリングではもう無理って分かって、次の嫁ぎ先を探してたのね。でも今回のことで、リリアから離婚を切り出せなくなった上に、悪行がすべてバレてしまった」

「逃げられなくなった上に最上級の狩場を失ってしまったってわけですね」

「そういうこと」

タイラーが私の説明に納得して頷く。

「はーなるほど。超自業自得ですね」

コーヒーを淹れてくれながら、レイチェルがざっくりと総括する。

「ん、美味しい。本当に上手になったわね、レイチェル」

「ああ。紅茶も完璧だ。短期間にずいぶん上達したね」

私とライアンが褒めると、レイチェルが「えへへそうっすか?」と分かりやすく照れた。

「オレは!? オレもかなり頑張ってるんですけど!」

「もちろんタイラーもよ。髪型もよく似合ってるし、姿勢が良くなって本当の王子様みたい」

今は私たちしかいないから二人とも気が抜けていつも通りの喋（しゃべ）り方に戻っているが、営業中は見違えるように上品な振る舞いができるようになっていた。

「私の同僚の間で、タイラーって密（ひそ）かに人気あるのよね」

グレタが言うと、タイラーが「やっぱり!?」と興奮気味に食いついた。

「いやそれがマジでモテちゃって。この前なんか、いい匂いのする手紙とかもらっちゃいました」

たぶん、貴族令嬢にとっては舞台俳優への憧れに近いものがあるのだろう。それよりももっと気軽に会えるから、通いやすいのだ。もちろんタイラーと本気でどうにかなりたいわけではなく、恋の真似事をして仲間内で盛り上がっているのだと思う。

タイラーもそれを分かっているようで、手紙の返事は書いていないらしい。

「レイチェルもおじさま受けいいよな」

「みんなあたしの虜（とりこ）です」

誇張している様子もなく真顔で肯定するので、なんだかおかしくなって噴き出してしまう。

それにつられてライアンたちも笑いだした。

「ちょっ！　笑うなんてひどいですよ！」

「ちがうちがう、信じてないとかじゃなくて、言い方がおかしくて」

「レイチェルが人気あるのは知ってるよ。騎士団でも可愛いしいい子だってよく聞くから」

ご立腹のレイチェルを宥めるようにライアンが優しく言う。

私もライアン伝手（つて）にレイチェルの評判を聞いていたから知っていた。レイチェルの人気は本当に高いのだ。

「本当に、二人ともよく頑張ってくれているわ」

お世辞ではなく、本気でそう思う。予想をはるかに上回る速度で成長してくれたおかげで早々に貴族生活に集中できたし、彼女たちの協力がなければ今回のようにすべてが丸く収まってはいなかっただろう。

「長いこと留守がちにしてごめんなさいね。来週からは元通りになるから」

「えっ、てことはもういいんですか？」

「貴族修業終わり？」

「ええ、滞りなく。オリヴィア様からのお墨付きよ」

「ああ、あのゴージャス美人……」

タイラーがボソッと言って、その息子であるライアンがなんとも言えない微妙な顔になる。

「いやでもすごいですよね店長。マジで社交界に馴染んで帰ってくるんですもん」

「あら、ここでやっていけてるならあなたたちもきっとやれるわよ」

グレタが軽い調子で言う。

「無理無理無理無理！　足ガクガクになりますよ絶対」

「オレまだ消されたくないです！」

グレタは本気で言ったようだけど、二人は全力で否定してきた。

だいぶ貴族とのやりとりに慣れたとはいえ、さすがに貴族だらけの場には行きたくないらしい。

「よくそんな恐ろしいとこに三ヶ月もいられましたね」

「まあ、でも得るものは大きかったわ」

もちろん簡単なことではなかったけれど、あの時オリヴィアの提案に乗って本当に良かったと今でも思う。

将来的に貴族の仲間入りを果たすための土台作りができたし、なにより度胸と自信がついた。それになにより、売り上げが大幅に伸びたのが大きい。

「店長いない間、新規客めちゃくちゃ増えましたもんね」

「新しいお客様がリピーターになったのはあなたたちの努力の賜物（たまもの）よ。マックスがたまに指導しにきてくれたんでしょう？　改めてありがとう。本当に助かったわ」

後から知ったが、マックスは私が講師を頼んだ日以外にも、ボランティアで二人に焙煎(ばいせん)の方法や豆の選別方法を教えにきてくれていたらしい。

「気にするな。ここの客が増えるとうちの客も増える」

「それってどういうこと?」

そういえば前もうちのおかげで助かってるみたいなことを言っていたっけ。あれって具体的にどういうことだったのだろう。

「なんかね、フローレスのお店で飲んだコーヒーが美味しかったからって、同じ豆をマックスのお店に買いに来る人が多いんですって」

私の疑問に、グレタが笑いながら答えてくれる。

「そうだったの!?」

なるほど、そういうことだったのか。確かにうちで仕入れているコーヒー豆は、マックスの店にしか置いていないものが多い。しかもちょっとお高いものが中心だから、上流階級の方々の満足度も高いのだろう。

「だからそんなに協力的だったのね」

感心しながら言う私に、マックスは静かに笑い、レイチェルの淹れたコーヒーを飲んで沈黙した。

もちろんそれだけではなく、私への友情もあるのだろうと信じたい。

遠征組が全員無事王都へ帰還し、式典準備に事後処理にと追われていたライアンがようやく落ち着いた頃。

延期になっていた婚約披露パーティーがクリフォード邸にて開催された。

ライアンが不在の間もできる準備は可能なかぎり進めていたため、非常にスムーズに滞りなく行うことができたと思う。

社交界でこれまで頑張ってきた甲斐もあって、招待客とは円滑な会話ができたし、皆私たちの婚約に好意的だった。

嬉しいことに、執事のジェフリーを始め、クリフォード家の使用人たちにコーヒー講座を開いていたおかげで、招待客の間で出されたコーヒーが非常に美味しかったと評判だったらしい。

そうしてすべての予定を恙なく終えたのも束の間、今度は結婚式本番のために再び両親とクリフォード公爵家へと足を運ぶこととなった。

「いやはや、予想以上に大盛況でしたな」

「無事終えることができて、ホッとしています」

上機嫌に公爵が言って、父が気の抜けきった穏やかな表情で返す。

その言葉の通り、パーティー当日の父の緊張は筆舌に尽くしがたいほどのものだった。

もはや記憶があるのかすら怪しい。

「ま、この数ヶ月間で随分とフローレスさんの顔も知れ渡りましたからな。トラブルはないと確信しておりましたよ」

ハッハッハ！　と豪快に笑いながら言われて、両親がひたすらに恐縮する。

「その節は、本当に娘がご迷惑を……」

「とんでもないことです。フローレスさんのおかげで、大変愉快な日々を過ごさせていただきましたわ」

平身低頭する両親に、オリヴィアが上機嫌に言う。

これは素直にお褒めの言葉と取らせていただこう。

「母上、フローレスはあなたのおもちゃではありません」

「いいのよライアン」

呆れて小言を言おうとするライアンを止める。

「私も、ここで過ごさせていただいた日々はとても楽しいものでした。たくさんのお客様をご紹介いただき、本当にありがとうございます」

笑顔で礼を言えば、オリヴィアが「あら分かっていたの？」とイタズラが見つかった子供みたいな顔で笑った。

やはり、オリヴィアが私をお茶会や夜会に連れ回していたのは、貴族としての足場を築くためだけでもキャットファイトを楽しむためだけでもなかったのだ。もちろんそれが大部分を占めていたかもしれないけれど、ライアンのためだけではなく、私の店の将来のためにもいろいろ動いてくれたのに気づかないほど鈍くはないつもりだ。

つまり、彼女は私の立ち回り如何に拘らず、最初から私をライアンの結婚相手として認めてくれていたのだ。

おかげさまで私の店に興味を持ってくれた人は多数いて、実際に店まで来てくれる方も少なくなかった。タイラーたちに確認したところ、相当先の日程まで予約で埋まっているらしい。

「ねえ、あなた二号店を出す気はない？」

「え？」

結婚式の話を詰め終わって、まったりとくつろぎながらお茶をしていると、オリヴィアが唐突にそんなことを言い出した。

「突然どうしたんです母上」

「実はずっと考えていたのよ。せっかくいい店なのだから、もっと広い土地でやればいいのにって」

「嬉しいですが、さすがにまだそこまでできる資金がないもので……」

苦笑しながら答える。

いつかはそうしたいと思っているけれど、まだ今の店が軌道に乗ったばかりだ。収益が増えているからといって、簡単に手を出せるほど王都の土地は安くはない。

「そんなの、わたくしが出資するに決まっているでしょう」

さらりと言われてぎょっとする。

公爵家ともなると資産が有り余っているのかもしれないけれど、いくらなんでも額が大きすぎる。

本気なのか冗談なのか分からないが、そんな軽い口調で言われても戸惑うばかりだ。

それにもし本気だとしても、ライアンとの婚約が正式に認められたからといって、そこまで甘えるつもりはない。私は公爵家にパトロンになってもらうためにライアンと結婚するわけではないのだ。

もし少しでもオリヴィアにそう思われているのだとしたら、全力で否定していきたい。

「ありがたい申し出ですが、そこまでしていただくわけには」

「あのね、これは義母として甘やかしたいという話ではないの」

断ろうとする私の言葉を遮って、オリヴィアが真剣な顔で言う。

「初めてあなたのお店に行った時、気に入ったと言ったでしょう？」

「ええ、それは、はい」

「あれは本気よ。だからサロンでのあなたの立ち回りをずっと見ていたの。この先経営の規模を拡大してもやっていけるのか、わたくしが出資する価値があるのか。それを確認したかったから」

私の貴族修業にはさらに別の意味もあったのか。

オリヴィアの思惑を知らされて驚く。いろいろ分かってるつもりでいたけれど、さすがにそこまで見抜くことはできなかった。

「あなたは逆境にも負けず多くの味方を自分の力で得たわ。それにちゃっかり店の常連を増やす手腕もあった」

期待以上よと言うオリヴィアの目は真剣で、そこに甘さは一切なかった。

「つまりこれはビジネスのお話ということですね？」

だから私も居住まいを正してオリヴィアの目を真っ直ぐに見返した。

「ええそうよ。義理の娘へのプレゼントではなく、将来有望な経営者に投資をしたいという相談をしているつもりよ」

公爵夫人の威厳を漂わせながらオリヴィアが言う。

公爵はあらかじめ聞いていたのか、彼女の隣で冷静に成り行きを見守っている。どうやらこの出資話は公爵公認のものらしい。

「お店の雰囲気だけじゃなく、経営方針も気に入っているの。順調に利益も増えているみたいだし、優良企業だわ。それに、見違えるほどに成長したあのバイト二人もね」

私が頭の中で慎重に吟味しようとしている間に、オリヴィアが知りえないはずの情報がどんどん並べられていく。

「……もしかしてあの後も店に行かれてます？」

「変装は得意なの」

恐る恐る尋ねるが、茶目っ気たっぷりに笑ってそんなことを言われては、これ以上私に言えることなどなにもなかった。

「ありがたく出資の話をお受けいたします」

どうせ私がどれだけ計算して考えたって、オリヴィアはその上を軽くいってしまうのだ。だったら彼女の申し出を跳ねのけるのではなく、期待に応えるために努力した方がよっぽどいい。

「そうこなくちゃ！」

素直にオリヴィアの話を受け入れた瞬間、どこから取り出したのか書類の束がテーブルに次々と並べられていった。

そこからの話は早かった。

オリヴィアの説明によるとすでに候補地も決まっていて、敷地面積が今の店舗の二倍以上あるらしい。しかも居抜きの物件ではないため、父に依頼して一から店を作ることも可能だそうだ。

「必要な資料はあとでまとめてジェフリーがお店に持っていくわ。だからあなたはこのリストにある書類を用意してちょうだい。できるわね？」

「もちろんです」

オリヴィアの問いに力強く頷く。

思いもよらない展開だけど、二号店を作るためなら徹夜してだって用意してみせる。

ああだけど今の店はどうしよう。いいやどうしようかなんて考えるまでもない。

出資を受けると決めた瞬間に心は決まっていた。

バイト二人を店長と副店長に昇格させるのだ。

喜んでくれるといいのだけど、どうだろう。

不安と期待に胸を膨らませながら、オリヴィアに心からの礼を言ってクリフォード邸を辞した。

エピローグ

Epilogue

大聖堂の鐘の音が青空に鳴り響く。

顔の前にあるヴェールがゆっくりと上げられて、愛する人の顔がようやくクリアに見えた。

ああ、なんて素敵な人なんだろう。

恋人に見惚(みと)れて、改めてそんなことを思う。

いいや、もう彼は恋人ではなく、夫になるのだ。

司祭の言葉を合図に、目を閉じて誓いのキスを交わす。

同時に歓声が上がって、照れながら目を開けた。

「愛してるよ、フローレス」

「私も愛してるわ、ライアン」

見つめ合う瞳は互いに潤んでいて、感極まるあまり今にも泣き出してしまいそうだった。

真っ白なウェディングドレスは特注品で、オリヴィアがプレゼントするという申し出をライアンが頑(かたく)なに断って、二人で時間をかけてデザインを決めた。

クリフォード家滞在中にオリヴィアにいただいたドレスの数々について、ライアンはまだ根に持っているらしい。

ライアンと作りにいった結婚指輪の交換も終えて参列者の方へ向き直ると、盛大な拍手が巻き起こった。

たくさんの参列者の祝福を受けながら、しずしずと教会を後にする。

扉が閉まった後も胸の高鳴りは治まらず、ライアンのエスコートを受けて控室の長椅子に座り、落ち着くのを待った。

「うちのしきたりに付き合ってくれてありがとう」

私の横に腰を下ろしてライアンがしみじみと言う。

「気にしないで、と言いたいところだけど、さすがにちょっと怖かったわね」

想像をはるかに超える規模の結婚式に、怯(おび)えるというよりは度肝を抜かれっぱなしだった。

豪勢なシャンデリアに美しいステンドグラス。厳かなパイプオルガンが奏でる音楽に、聖歌隊の透き通る声。

何がどんな順序で行われて、どう動けばいいのかという予行演習はしたけれど、本番となるとまた話は別だ。

今ここに至ってもまだ現実味は薄く、ライアンが隣にいてくれなかったら夢の中の出来事だと思っていただろう。

「疲れただろう。もししんどかったら、早めに上がらせてもらおう」

この後にはクリフォート邸での披露宴が控えている。ライアンはそのことを言っているのだろう。

それも豪華絢爛（けんらん）なものとなる予定だが、さすがに貴族修業の夜会で慣らされてきたため、まともにできるはずだ。

「大丈夫。立派にやり遂げてみせるわ」

「でも、フローレスが主役なのは初めてだろう？　勝手が違うんじゃないか」

「もう一人の主役が全力でフォローしてくれるって知っているもの」

甘えるように手を伸ばせば、ライアンが笑いながら私を抱きしめてくれた。

「それはもちろん全力でさせていただくけど。無理だけはしないでくれ」

「約束する。新婚生活初日にダウンしていたくないもの」

ライアンの首に腕を絡めながら言うと、信じてくれたのかライアンが「では次の会場に行きますかお姫様」と言って私の身体（からだ）を抱き上げた。

「力持ちね」

「甲冑（かっちゅう）を着た同僚を背負って走り回る訓練をしているからな」

安定感抜群のお姫様抱っこに感心して言えば、ライアンがげんなりした顔で強さの秘密を明かしてくれる。

どうやら想像していた以上に騎士というものは過酷な職業らしい。

「それに比べれば愛する妻なんて羽のように軽いよ」

「妻……そうよね、ふふ。私、あなたの奥さんになったんだわ……」

ライアンの唇から紡がれる妻という言葉を聞いて、ようやく結婚したことをジワジワと実感していく。

「……本当に可愛いなあうちの奥さんは」

絞り出すような声で言って、ライアンが私を抱えたまま歩き出す。

どうやら着替える場所までこのまま運んでくれる気らしい。

「ねぇ旦那さま。私自分で歩けるわ？」

「ダメだよ。披露宴が始まったらきっと、フローレスに触れられなくなるだろうから」

今のうちに堪能させてもらうよと言って、ライアンが私にキスをする。

「これからいくらでも触れられるのに」

「今日のフローレスは今日だけだ」

呆れて言えば、ライアンがもっともらしい顔でよく分からないことを言い出した。

「毎日変化するんだから、一日一日のフローレスを大切にしないとと思って」

「補足されても分からないままだけど、とにかく私を独占したいってこと？」

「だいたい合っているかな」

私の当てずっぽうな推測をライアンが肯定する。

ライアンの顔はいたって真面目なままで、それが嘘か本当かまったく分からない。もしかして酔っているのだろうか？

「……まあいいわ。話し合う時間はこれからたっぷりあるもの」

解明と自力歩行を諦めて、ライアンの首元に頭を乗せ身体から力を抜いた。

「なんて幸せなんだろう。朝も夜もキミと一緒だなんて」

重みが増したはずなのに、一切の変化を感じさせずライアンが続ける。

羽のようだというのは案外大げさではないのかもしれない。

「私もあなたがいてくれて幸せよ。でも、もっと幸せにするから期待しててね」

「フローレスが隣にいてくれる以上の幸せなんてあるかな」

「あるのよきっと。毎日声が聞ける以上の幸せがね」

今はまだライアンと同じで、二人で一緒にいる以上の幸せは思いつけないけれど。

二号店を持つ喜びを知ったように、ライアンと共に歩くことで新たに手に入る幸せがあるはずだ。

「だから、ライアンも一緒に探してくれる？」

「もちろんだとも。まずは披露宴で盛大に祝われることから始めるのはどうだろう」

「いいわね。それからこのハイヒールを脱いでのんびりお風呂に浸かるのもいいと思うわ」

そうして着替えを終えた後も小さな幸せをたくさん並べながら、披露宴会場へと向かう。

この先もこんなやりとりがずっと続いていくのだろう。

そう想像できることが、何より確かな幸福だった。

彼女を初めて見たのは、リカルドの婚約発表の場だった。
その時のことをなんと言い表したらいいのか。
今でもよく分からない。

その日、正式に招待されていた両親は陛下直々の用命で国外に出ていて、名代として俺と弟が参加することになった。たぶん、同じ公爵家にも拘らずクリフォード家ばかり重用されるのが気に食わないスターリングが、わざと国内不在の時を狙って婚約披露の日を設定したのだろう。古くから続く二大公爵家の片割れが、跡取りの婚約披露というめでたい場に姿を現さないなんて不義理だ。そう周囲に思わせたかったようだ。

そんなつまらないことばかりしているから陛下に煙たがられているのだと、なぜ分からないのか不思議だ。

だいたい、国王陛下自身が参加されるのだ。両親が不在の理由なんてもちろんご存じだし、もともとスターリングと違って周囲からの信頼も篤い。両親にはなんのダメージもないどころか、「参加せずに済んでラッキー」と喜ぶ始末だ。

もちろん俺にもスターリングにはいい印象がない。両親の代理と言えど、参加するのは気が重かった。

彼らは公式の場で顔を合わすたびに尊大な態度で絡んできて、自慢や他人の悪口ばかり聞かせてくる。苦手意識が芽生えるのは当然と言ってもいいと思う。

その息子であるリカルドは、同じ公爵家で同い年、そして騎士団勤めまで同じで何かと因縁のある男だ。そりが合わないので生涯友人になることはないだろうとは思っていたが、そんなリカルドがどんな女性と婚約したのか少し興味があった。

だがその興味も、リカルドの少し後ろを控えめについて回る姿を見てすぐに失せてしまった。

綺麗な女性だな、とは思った。

遠くから見た感想はそれだけだった。

周囲に愛想笑いひとつ浮かべることもせず、ただリカルドのそばに付き従う姿はとても魅力的な女性とは思えなかった。きっとまた見た目だけで選んだのだなと、面白みのない結果に早くも帰りたくなっていた。

けれど、事件は起こった。

リカルドが最低なパフォーマンスを始めたのだ。

やはりこいつとは仲良くなれない。

眉間にシワが寄るのを弟に窘められたが、あまりの胸糞悪さに今すぐにでもこの場を離れたくなった。

こんな大勢が見ている前で婚約破棄を突き付けられて、彼女は俯き肩を震わせていた。

当然だ。きっと泣き崩れてしまうだろう。

そう思っていたのに。

彼女は微笑んだ。

それはそれは幸せそうに。

その笑顔があまりに美しくて、しばし言葉を失った。

そうして彼女は淀みなくリカルドの失態を晒し上げ、嘲笑い、見事な手際でその場をひっくり返してしまった。

予想外の展開に度肝を抜かれたのは俺だけではないだろう。

帰りの馬車で「苛烈で美しい女性だったな」とぼんやり弟に語り掛けると、なぜか気の毒そうな表情でため息をつかれた。その反応には納得いかなかったが、弟は綿菓子のようなカトレア姫を慕っているから、共感できないのも仕方のないことなのかもしれない。

フローレス・アークライト。

美しい笑みとその名前は、衝撃と共に記憶に刻まれた。

彼女とはもちろんそれきりで、リカルドの醜態と共に徐々に記憶から薄れていくはずだった。

けれど不思議と彼女の記憶は鮮明になっていく。

ふとした拍子に、彼女の姿を思い出しては胸が締め付けられるように痛んだ。

もう一度会ってみればこの痛みの正体が分かるのだろうか。

けれど彼女の情報はほとんどない。リカルドに聞こうにも、あれ以来目に見えて荒れていて、あの日のことを話題に出すのは誰もが避けていた。それにあれだけコケにされて、リカルドが素直に彼女のことを教えてくれるとも思えなかった。

会えないまま一年が過ぎて、ますます彼女の笑みが鮮明になっていく。

なぜこんなにも彼女に会いたいのか。この胸の痛みはなんなのか。

分からないまま苦しさだけが増していった。

一度でいいから彼女と話をしてみたい。そうすればこの正体不明の苦しみも治まるはず。だけどどうしてこんなにもあの女性のことが気になるのだろう。

たぶんこれは、ずっと苦く思っていたスターリング家に一矢報いてくれた彼女に、礼を言い損なったせいだ。そう言い聞かせ、なんとか自分の心に折り合いをつけようとしていた時だった。

何気なく訪れた店に、彼女がいた。

昇進したばかりで、仕事が積み重なっていた頃だ。疲れ果てて思考力が低下して、休憩を兼ねた気分転換に城を出てフラフラしていた。

急激に甘いものが欲しくなって、匂いに誘われるように初めて通りかかった店に入った。

最初は気付かなかった。店員の顔をまともに見ている余裕すらなかったのだ。

注文したココアと、サービスでつけてくれたという焼き菓子の美味さに、張りつめていた心が少しずつほどけていく。

ホッと息をついて、ようやく店員を気遣うだけの余裕が出来て、目を見て礼を言った。

そうして返された微笑みに、再び言葉を失った。

記憶は決して美化されていたわけでもなく、鮮明になっていたわけでもなく、むしろ褪せているのだと思い知った。

それほどまでに実際の彼女の笑みは美しかった。

「……フローレス・アークライト？」

呆然と見惚れて、無意識に口にした名に彼女が首を傾げた。

当然だ。あの場にいただけの俺を覚えているわけなどない。

けれどひどくがっかりしてしまった。

奇跡の再会を喜んだのは自分だけだったのだ。

それで不可解な感情にケリがついたかといえば、残念ながらちっともそんなことにはならなかった。

それ以来、時間を見つけてはフローレスの店に通った。

笑顔を見たい一心だった。

思いがけず、彼女との会話は楽しく新鮮だった。話題が豊富なのだ。何を話しても良い反応をくれるし、分からないことは見栄を張らずに素直に聞いてくる。それが心地よかった。明らかに貴族と思われる常連客もよく彼女と楽しそうに話しているのを見るから、そう感じているのは俺だけではないのだろう。

社交界では女性と話すのはただの義務でしかなく、どちらかと言えば騎士団の書類仕事をしている方が有意義と感じるほどだったのに。

それに紅茶も焼き菓子も、今まで口にしたどれよりも美味く感じた。

値段や格式だけでいえば、いくらでも上の店を利用したことがあるにも拘らず、だ。

彼女の店はすっかりお気に入りとなり、無味乾燥な生活に彩りを与えてくれた。

それまで、彼女に会いたいという気持ちは、物珍しさからくるものだと思っていた。

自分の周りに寄ってくるのは着飾った貴族のご令嬢ばかり。自分のことは何もせず、誰かにやってもらうのが当たり前と思っているような。少しでも格上の貴族に嫁ぐことを最重要課題としていて、どれだけ嫌いでも、地位や金のある男との婚約を受け入れる。呆れつつも、それが貴族社会では当然のものだと思っていた。

だから公爵家嫡男との婚約を自ら望んでぶち壊し、額に汗して働く彼女に対し、尊敬すると同時に友情を感じているのだと思っていた。

我ながら鈍いにもほどがある。

ようやく恋心を自覚したのは、休日に彼女とピクニックをした時だ。

穏やかな気持ちに反して、ずっと胸が高鳴っていた。共に街歩きをするだけで心が躍った。

おままごとのような優しさだけがある木漏れ日の下で、彼女だけが輝いて見えていた。

カフェでフローレスが席を外した瞬間、寄ってきた女性たちに不快感を覚え、その気持ちの落差に自分で驚いた。

今まで、女性の存在を不快に思ったことはない。けれど興味を抱くようなこともなかった。

年頃の少女たちが次期公爵夫人の座を狙って自分に近づいてくるのは当然だ。その中から一番優れた女性を選んで妻に迎えるのが、公爵家の長男に生まれついた自分の義務だと思っていた。

それ以上の感情は不要だし、この先も女性に対するスタンスはそんなものなのだろうと思っていた。

けれど、それは違った。

自分にとってフローレスだけが特別で、フローレスだけが心を動かすのだ。

自覚した時にはもうずいぶんと深みにはまっていたと思う。

思い返してみれば、フローレスに対する自分の態度はずっとおかしかった。

仕事以外で自分から女性に話しかけるのも、同じ店に足繁(あししげ)く通うのも、もっと近づきたいと思うのも。今まで一度もなかったことばかりだ。

たぶん、初めて彼女を見たその日から恋に落ちていたのだろう。

自覚してから、本当はすぐにでもアプローチをしたかった。けれど彼女が自分を『毛色の変わった友人』として見ている以上、その関係を変えるのは怖かった。

だってカフェでの短い時間は貴重なもので、それがあるから忙しい日々も乗り切ることができていたのだ。それを失うかもしれない可能性がある限り、踏み出すことはできない。

なにより、彼女には高位貴族の横暴に振り回された過去がある。同じ立場の自分が告白すれば、彼女は嫌な記憶を蘇(よみがえ)らせると同時に「またか」とうんざりすることだろう。

それに彼女はこの店をとても大事にしている。

万が一告白が上手(うま)くいって、彼女の心を手に入れることができたとしよう。だが自分が公爵家の人間でいる限り、いつかそれを取り上げてしまうことになる。

それだけはなんとしても避けたかった。

だからこのままの関係でいるのが一番いい。

触れることも叶(かな)わないが、彼女の自由を制限するくらいならそれで構わないと思ったのだ。

だけどそれは大きな間違いだった。


自分のミスで、大事な部下を失いそうになっていたあの日。

すべての思考を放棄したくなって、ただ彼女に会いたくなった。だけどそんなことが許される立場にいない。そう分かっていたはずなのに、耐えきれずにほとんど無意識に彼女の店の前に立ち尽くしていた。

土砂降りの中、彼女はすぐに俺を見つけて、店内に招き入れてくれた。そんな優しい彼女に、甘えて泣き言を言った。

そうすることで、情けないと発破をかけてもらおうとしたのかもしれない。

あるいは、単純に彼女の顔を見て元気を貰おうとしたのかもしれない。

どちらにせよ、彼女に救われたいというずるい考えがあったのは間違いない。

彼女からしてみれば、人の生死に関わる重い話を聞かされ、でかい男に甘えられ、迷惑この上なかっただろう。

けれど彼女はそんな俺の心を守ろうとして、他の者が聞けば無責任にも思える慰めの言葉を繰り返した。

聡明な女性だ。俺に八つ当たりの余地をくれたのだとすぐに分かった。それを甘んじて受け止めようとする覚悟に、胸が震えた。

こんなに優しくて強い女性を他に知らない。

彼女はこの世に唯一無二で、絶対に失えない人だと思い知った。

いつか他の誰かのものになるなんて耐えられない。

だからすぐに行動を開始した。

もちろんただ自分の持つものを放棄するのではなく、きちんとすべてを整理してからだ。考えなしに「君のためにすべてを捨てたよ」と言ったところで、フローレスが喜ぶとは思えない。

自分の選択が、少しでも彼女の負担になるのは避けるべきだ。

それに、彼女に誇れる人間でありたかった。すべてを丸く収めて、その上で自分の足でしっかりと立ち、彼女に向き合いたかった。

もちろんフラれる可能性が高く、すべてが無駄になるかもしれない。だけど後悔はしないという確信があった。

彼女に全力でぶつかることができたなら、それだけで自分の中に確かなものが残るだろう。

もちろん、想像しただけで胸が張り裂けそうに痛かったが。

家督を弟に譲ると両親を説得するのは骨が折れたが、自身も大恋愛の末に結婚した二人だ。フローレスが庶民だと知っても、頭ごなしに否定することはなかった。だから時間をかけて、彼女を心から愛していること、また彼女がどれほど優れた人間であるかを言葉を尽くして説明した。

少しずつ両親を説得し、彼女じゃないなら結婚もしないから子も残せない、どちらにしろこのままでは公爵家は俺の代で終わってしまうと脅しのような真似(まね)もした。

けれど最終的に両親の心を動かしたのは、フローレスがリカルドの元婚約者だという情報だった。

あの日の顛末(てんまつ)を、両親はざっくりとした伝聞でしか知らない。

母に何度も詳細を尋ねられていたが、リカルドがフローレスにした仕打ちを、思い出すだけでムカムカして詳しく話すのを躊躇(ちゅうちょ)していたのだ。

それを彼女の魅力を語るためのエピソードとしてフローレスの見事な立ち回りを聞かせると、両親は大いに興味を持ち、挙句の果てに涙が出るほど笑い転げていた。

昔からスターリング公爵家の人間には迷惑を掛けられ尻拭いをし続けてきた二人だから、話し終わる頃にはすっかりフローレスを気に入ってしまったようだ。

彼女を射止めたらすぐに連れて来いと息巻く二人に、若干圧倒されつつ了承する。

どうやら家督を弟に譲るという話は認められたらしい。

こんなことなら最初からこの話をしておけばよかった。

もちろん家族とも公爵家とも完全に縁を切るわけではなく、これからも協力できることは必ずすると約束した。皆が家族としての繋がりはそのままだと言ってくれた時には、不覚にも涙が出そうだった。

そうしてなんとか公爵家を出る権利を勝ち取り、満を持してフローレスの元へ駆けつけた。

フラれても構わない。ただ気持ちを伝えることができればいい。

そんな気持ちで告白に臨んだ俺に、フローレスはなんとも格好よく愛の言葉を伝えてくれた。まるでリカルドに対峙した時のような凛々しさで、まっすぐに俺を見る彼女の視線の強さを一生忘れないだろう。


時折、もし、と思うことがある。

もし俺がリカルドより先にフローレスに出会っていたら。

もしかしたら俺がリカルドのようになっていたかもしれない。
権力を盾に彼女をがんじがらめにして、屋敷から一歩も出さないような最低な男に。
それほどに彼女の存在に惑わされているという自覚があった。
フローレスには申し訳ないが、最悪の前例を作ってくれたリカルドに感謝だ。
おかげでギリギリのところで理性に歯止めがきいている状態だ。
幸い、一年が経つ今もフローレスは俺の隣にいてくれる。
彼女はますます魅力を増して、今や輝かんばかりに美しい。
他の女に目移りして彼女を放逐したリカルドはなんて見る目がなく愚かなのだろう。
この先何十年経とうと、俺からフローレスを手放すことなどありえない。

食欲を刺激する匂いで意識が浮上する。
薄く目を開けるとカーテンからは陽の光が差し込んでいて、眩しさで反射的に目を閉じた。
ほとんど無意識に手を伸ばして探れば、隣にあるはずの熱はすでにベッドを抜け出して、少しの温もりも残っていなかった。
寝ぼけた頭で彼女が隣にいないことにムッとしながら、彼女の枕を抱きよせる。

それで少し満足して気が緩み、眠りの世界に戻りかけていることに気付いて慌てて起き上がった。

ひとつあくびをすれば、頭はすぐに覚醒した。

寝室を出て身支度を整え、ダイニングキッチンに続くドアでしばらく妻の後ろ姿を静かに眺める。

手際よく朝食の準備をする働き者の背中は、何度見ても飽きることはない。

「やだちょっと。いつからそこにいたの？」

ダイニングテーブルに皿を置こうと振り返ったフローレスが、ようやくこちらに気付いて柔らかな声で言う。

「おはようフローレス」

朝の挨拶を口にすると、フローレスが嬉しそうに微笑んでくれた。

近付いて、腰を抱くようにして密着し、こめかみのあたりにキスをする。

フローレスはくすぐったそうに笑いながら、綺麗な形の顎をツイと上げて唇を合わせてきた。

「おはようライアン。すぐに朝食ができるわ」

「手伝うよ」

「ゆっくりしてていいのに」

小さく苦笑しながら言うフローレスにもう一度キスをして、食卓に皿やカトラリー類を並べていく。

いつもは一緒に目覚めて一緒に朝食の準備をするのだが、休みの日はフローレスが気を遣ってゆっくり寝かせてくれるのだ。

感謝と同時に、そういった気遣いを、ごく自然体で行える彼女をとても尊敬している。

とはいえ、それに甘えるばかりではなく俺自身彼女を甘やかせるよう精進したいところだ。

以前それを伝えたら、「もう十分すぎるくらいに甘やかされてるわ」と笑って返された。

「そりゃ料理はフローレスの方がずっと上手いけど。少しくらいは役に立ちたい」

「そんなの、得意な方がやればいいのよ」

不甲斐なさを感じる俺に、当然のようにフローレスが返す。

それだと一生彼女の役に立てる日は来ない気がするのだが。


「さて、今日はどのお店から回る？」

朝食を終えて、マックス推薦のコーヒーを淹れて上機嫌になったフローレスがニコニコしながら聞いてくる。

いつもの買い付けのついでにお試しで仕入れた珍しい豆らしく、苦みより酸味が強くて、いまだに紅茶派の俺でも素直に美味しいと思えた。

「そうだな、午前中に少し顔を出さなきゃいけないところがあるから、フォージメイル通りに寄りたいんだけど」

「あの鍛冶屋街？　お休みの日にまで大変ね。騎士団に労働組合はないの？」

通りの名前を聞いただけですぐに騎士団の所用だと見抜いて、フローレスが呆れ顔になる。

普段から「働きすぎ」だと言われているから、その延長だろう。

だけどフローレスもあまり人のことは言えないと思う。

「君だって休みの日なのに店の買い出しをさせられてる。なんてひどい経営者なんだ。休日はしっかり休ませるように俺から言っておいてあげよう」

冗談交じりに返せば、フローレスが「私はいいのよ」と澄ました顔で言った。

「だって買い出しなんて夫とのデートのついでだもの。むしろあちこち連れ回すための口実ですらあるわ。なんて素晴らしい采配をする経営者なのかしら」

経営者自らが言うのなら、きっとその通りなのだろう。

実際のところ、俺にとっても休日にフローレスと外出できる時間は貴重なので、確かに名采配と言えよう。

「ではそろそろ店が開き始める時間なので仕入れ兼デートに向かいましょうか、経営者様」

「デート兼仕入れ、よ。デートがメイン。間違えないで」

細かい指摘に笑い合う。

最近、いい意味でお互いに遠慮がなくなってきたと思う。

それから協力してテーブルを片付けて、裏口から外に出た。

人通りの増えた街路に立って空を見上げれば、最高の一日を予感させる晴天が広がっている。

「どうしよう、ワクワクしてきたわ」

「俺なんて一週間前からワクワクしてる」

フローレスに張り合うように言うけれど、大袈裟（おおげさ）なんかではない。

結婚して一緒に暮らし始めてからも、二人で街を歩くのは人生の一番の楽しみだった。


騎士団の用事をさっさと済ませ、あちこちの露店を冷かしながら予定していた店を順序良く回っていく。

フローレスの店で足りなくなった消耗品、新たに導入するか検討中のキッチン小物、それに自宅用の食料品。メモを一行ずつ消し込んでいって、順調に消化していくのは楽しかった。

途中で二人のお気に入りのカフェでゆっくりと昼食をとって、午後からまた買い物を再開させる。

「今日はマックスの店には行かないのかい？」

「それがね、今日はお休みなんですって」

「珍しい。仕事中毒みたいな男なのに」

予想外の回答に驚いて、思わずそんなことを言ってしまう。

フローレスの店の仕入れ先でもあるグレイ珈琲（コーヒー）店の息子で、彼女の友人でもあるマックスは、フローレス曰（いわ）く重度のコーヒーオタクらしい。そんな彼は父親の店で休みなく働く真面目な青年だ。

一度、いつ休んでるのか尋ねた時に彼は「休んだところでコーヒーのことばかり考えているから必要ない」と真顔で言っていた。趣味と実益を兼ねた天職らしい。

「マックスの場合は仕事中毒じゃなくてコーヒー中毒よ」

フローレスが呆れたように笑う。

そういう君こそ、と言わないのは俺なりの愛情だ。

自分だけの休日の時は、新メニュー開発や美味しいコーヒーの淹れ方の研究に余念がない勤勉な妻は、あまりそういう自覚はないらしい。苦労を苦労と思わないところも彼女の美点だ。

なんとなくそうしたくなって、フローレスの頭を無言で撫でる。彼女は不思議そうな顔をするだけで、やめてほしいとは言わなかった。

「なんだかよく分からないけど、私今褒められてる？」

「うん、すごく」

フローレスの質問に深く頷いて見せると、彼女は照れたように目元を染めて小さく笑った。

「ふふ…………えっ!?」

猫のように細められていたフローレスの目が、突如カッと見開かれる。

「見て！　ライアンあそこ！」

次いで小声で鋭く言って、通りの向こうを指さした。

つられるようにそちらを見れば、まさに今話題に出たばかりのマックスその人がそこにいた。

無言でフローレスと顔を見合わせ、そそくさと物陰に隠れる。

共通の友人であるマックスに、声を掛けなかったのは彼が一人ではなかったからだ。

「なるほど、マックスが店を休んだわけがよく分かったわ」

マックスと連れ立って歩く小柄な女性を見て、フローレスが納得したように何度も頷く。

「……彼でもあんなに柔らかく笑うことがあるんだな」

「グレタが男の人といてあんなにリラックスしてるのも初めて見たわ」

マックスと腕を組み楽しそうに笑う女性、グレタ・ライトマン。

彼女はフローレスの親友でもあり、王宮勤めをしている俺の職場の後輩でもある。しっかり者で出世頭の彼女は、いつも潑剌(はつらつ)としていて抜群に人当たりがいい。けれど隙がなさ過ぎるせいか、友人が多いわりにフローレス以外の人間と深く関わっているのを見たことがなかった。

その彼女が今、フローレスの言う通りマックスの隣で安らいだ表情をしている。

「……あの二人、どんなデートをするのか気にならない？」

好奇心を隠しもせずにフローレスが目を輝かせて言う。

生憎(あいにく)マックスもグレタも大切な友人だが、さすがにデート内容までは想像したことがない。

「そうだな、だいたいコーヒー関連じゃないかな」

「やっぱりそう思う？」

無理やり捻(ひね)りだした冴(さ)えない回答に、けれどフローレスは楽しそうに笑う。

そのイタズラっ子みたいな笑顔が可愛(かわい)くて、もっと見たくなる。

「後をつけてみる?」

「面白そうだわ」

その顔が見られるなら、と提案してみるが、思いのほか慎重な様子で二人の動向を観察しながらフローレスが考え込むように顎に手を当てた。

その様子を見てふと懐かしい気持ちになる。

「……なんだか付き合う前のことを思い出すな」

「ねぇ、それってもしかしてグレタの恋人の素行調査の時?」

何気なく口にした言葉に、フローレスがくすくすと笑う。

「よく分かったな」

「今、ちょうど同じこと考えてたの」

驚いて目を丸くする俺に、フローレスが得意げに言う。

同じタイミングで同じ出来事を思い浮かべていたのがなんだか嬉しくて、抱きしめたくなるのをグッと堪(こら)える。残念ながらここは家ではなく人通りの多い往来だ。

「彼女には悪いけど、あの時俺は素行調査のことより君とのデートに浮かれて舞い上がってたよ」

「本当に? とてもそうは見えなかったけど」

当時の気持ちを素直に白状するが、フローレスは疑わし気にそんなことを言う。

「手慣れた感じで涼しい顔してたと思うわ」

「仕事柄、手の内を読ませないのは得意だからね」

ジトっとした目で言われて、苦笑しながら肩を竦める。

「恋情がこぼれてしまわないように懸命に取り繕ってたんだ」

あの頃は気持ちを伝える勇気もないくせに、フローレスに気に入られたくて必死だった。

リカルドの二の舞を踏むまいと、格好つけてばかりだった気がする。

「それで、どうする？　彼らは別の場所へ移動するようだけど」

雑貨屋の店先であれこれ物色して満足したのか、マックスとグレタが歩き出す。

ついていくつもりなら行こうと促すと、フローレスは少し迷ったあとで首を横に振った。

「……ううん、やめておく。やっぱりあなたと二人きりがいいわ」

フローレスはそう言って、するりと俺の腕に自分の手を絡めて二人とは別方向に歩き出した。

「私も、その頃からあなたが好きだったから、嬉しい」

内緒ごとを打ち明けるように、フローレスが小さな声で言う。

前を見て歩くその顔は、ほんのり赤く色づいていた。

両手に荷物を持っていなかったら、間違いなくその場で抱きしめていたことだろう。


「ちょっと待ってね、すぐに鍵を開けるから」

日が暮れるのを合図に引き上げ、裏口の玄関でフローレスが急いで鍵を取り出す。

マックスたちを目撃した時点から、さらに増えた荷物を気にしてくれているのだろう。

「そんなに慌てなくても、これくらい大したことないよ」

かさばるものが多いからパッと見はかなりの量だが、日々鉄の鎧を着て訓練する身としては余裕だ。

「いつもながら全部持ってもらっちゃって、なんだか悪いことしてる気分になるわ」

けれど自分では絶対持てない量の荷物を持たせていることに罪悪感を覚えるらしいフローレスは、申し訳なさそうな顔で言う。

「得意な方がやればいいのさ」

朝の言葉に返すように言うと、それに気づいたらしいフローレスが、少しの間のあと「それもそうね」と笑った。

「じゃあ私はその大量に買い込んだ食材で豪華な夕食を作ることにする」

「その言葉があればこの倍の量だって持てるさ」

誇張ではなくそう言うと、フローレスが片眉を跳ね上げた。

「そんなに買ってお店でも出す気？」

「ここのライバル店になれるかな」

軽口に軽口で返すと、フローレスは「負けないわよ」とドアを開けながら半ば本気で言ってきた。

「ただいま」

中に入るなり、無人の室内に向かってフローレスが言う。

「おかえり、フローレス」

「ライアンも。おかえりなさい」

後ろから挨拶を返すと、フローレスが微笑を浮かべて振り返った。

そのことに胸がぎゅっと締め付けられる。

愛する女性と同じ家に帰るという奇跡に、半年経つ今も新鮮な感動を覚えているなんて、きっと呆れられてしまうだろう。

胸に温かいものが満ちるのを感じながら、フローレスに続いて廊下を進む。

ここは王宮や公爵家の屋敷に比べたら狭くて質素だけど、どんな建物より素晴らしい場所だ。

荷物の中から店用のものをより分けて倉庫に置き、居住空間である二階に上がる。

それから残りの戦利品をキッチンの冷蔵庫や戸棚に手分けして整理する。

「はー、疲れたぁ」

一通りのことを終えてひと段落すると、フローレスが大きく伸びをした。

荷物を持たせなかったとはいえ、朝から結構な距離を歩いたから当然と言えば当然だ。

いつもは公園や劇場でのんびりするデートが多かったから、そこまで気が回らなかった。

「疲れたなら言ってくれたら抱き上げて帰ったのに」

体力の違いを失念してペース配分を間違えたことが不甲斐なくて、申し訳なさを込めて言う。

「そう言うと思ったから言わなかったのよ」

けれどフローレスは苦笑して嘆息交じりにそう答えた。

「どうして」

「いい？　あなたは硬派で真面目な団長様なのよ？　そんな人が女性を抱き上げて天下の往来を闊歩していたら、騎士団の士気が下がっちゃうわ」

釈然としない顔をしていたからだろう、フローレスが聞き分けのない子供に言い聞かせるようにゆっくりと言う。

「それで士気が下がるなら、休み明けに鍛え直さなければならないな」

「お願いだからやめてあげて」

真顔で返せば、気の毒そうな顔でストップがかかる。

「じゃあ、誰も見てない家の中ならいいね？」

「えっ、きゃあ！」

どういうことかと眉を顰めるフローレスを抱き上げると、彼女はあたふたしながら俺の首にしがみついてきた。

「ちょっと！　びっくりするじゃない！」

「はは、ごめんごめん」

驚いて抗議の声を上げるフローレスに、笑いながら謝ってこめかみに口づける。

そのままリビングのソファまで運び、横抱きにしたまま腰を下ろした。

「ふう。今日はお疲れ様」

「……私を下ろす気はないようね？」

膝に乗せたままくつろぎ始めたのを見て、フローレスが責めるような目で俺を見る。

「どう思う？」

質問に質問で返すと、フローレスが諦めたように「もういい分かったわ」と軽く両手を上げ降参のポーズをした。

「今日はもう全力であなたに甘える日にする。ご馳走は明日。それでいい？」

そう言いながら俺の身体に体重を預けて、開き直ったように胸元に頬をすり寄せる。

「もちろん。臨機応変な素晴らしい判断だ。きっといい司令官になれる」

フローレスが作ってくれるご馳走も捨てがたいが、この華奢な身体が全幅の信頼を寄せて無防備に自分の腕の中に収まってくれるのがたまらない。

「騎士団の？　ならフライパンと包丁を持って入団試験を受けに行こうかしら」

くすくす笑いながら、フローレスが俺の背中に手を回す。その身体をぎゅっと抱き返す。

愛する人と抱き合うことがこんなに幸せなことだなんて、ほんの数年前まで知らなかった。我ながら、なんてつまらない人生を送っていたのだろうと思う。

「でも、今日の夕食はどうしようかしら」

「野菜スープを作ってパンを焼くくらいなら俺にもできる」

フローレスほど美味しいものは無理でも、騎士団の野営中に当番が回ってくるから、多少の料理経験はある。

「あなたの体力は無尽蔵ね」

「鍛え方が違うからね」

職務上必要で鍛えてきた部分もあるけれど、最近では大切な妻を守るのだというモチベーションもあって、順調に強くなっているという自負がある。

「じゃあ私はお皿を運ぶのを手伝うわ」

「駄目だよ。今日は全力で俺に甘える日だろう？」

言質を取ったとばかりに胸を張って言えば、フローレスは額に手をあてて「そうだった……」と無念そうに呟いた。

「でもライアンが食事の支度をしてくれているのに、一人でのんびりしているのは落ち着かないわ」

働き者の妻は、じっとしているより何か役割があった方がいいらしい。

「じゃあ横で見てて」

「見てるだけ？」

「もちろんそれだけじゃない。俺が君の方を向いたらすぐにキスをして」

真剣な顔で重要な任務を伝えると、フローレスが小さく噴き出した。

「それってむしろ邪魔してない？」

「とんでもない。やる気が増してあっという間に美味しいスープが出来上がるさ」

そう言って俺の胸に頬をつけたままのフローレスの顔を覗(のぞ)き込む。

「ホラ、今だよ」

「ええ？　もう始まってるの？」

フローレスが笑いながら言って、俺の唇にキスをする。

「これでいい？」

「そう。上手。これならドラゴンだって倒せる」

「ドラゴンよりごはんが食べたいわ騎士様」

笑い合いながら立ち上がって、二人でキッチンに向かう。

それからおしゃべりをしながら料理の合間合間でキスをした。

他愛ないやりとりが、たとえようもなく幸せだった。

あとがき

お久しぶりです。当麻です。

まさか三巻まで出していただけるとは思っておらず、嬉しさでいっぱいです。

ここまで読んで下さった皆様のおかげです。本当にありがとうございます。

逆境に負けないどころか逆手にとってたくましく生きるヒロインを書きたい！　という思いから始まったこのお話ですが、とはいえ本当に愛する人の人生を巻き込むとなったら悩んだり迷ったりもするだろう、という二巻を経て、色々吹っ切った三巻でしたが楽しんでいただけたでしょうか？

ライアンが無事帰還し結婚した後のフローレスはますます精神が安定して、貴族社会でも泰然と生きていくはずです。そして最愛の伴侶を得たライアンが出世しないわけがないので、二人は社交界でも重要な存在となるでしょう。

ちなみにライアンは定時で帰れる重役ポジション的な役職について結婚生活を満喫しようと目論んでいます。退役後はさっさと子供に当主の座を引き継いで、自領でこっそり夫婦でカフェ経営しているかもしれません。小説家になろうでそんな番外編を書くのも楽しそうです。

ここまでお付き合いくださいました読者の皆様、担当編集様、そして毎回素敵な表紙・挿絵を描いてくださった茲助先生。たくさんの方々のおかげで楽しく書くことができました。本当にありがとうございました。

作品のご感想、ファンレターをお待ちしています

あて先

〒141-0031　東京都品川区西五反田 8-1-5 五反田光和ビル4階
ライトノベル編集部
「当麻リコ」先生係／「茲助」先生係

スマホ、PCからWEBアンケートにご協力ください

アンケートにご協力いただいた方には、下記スペシャルコンテンツをプレゼントします。
★本書イラストの「無料壁紙」　★毎月10名様に抽選で「図書カード（1000円分）」

公式HPもしくは左記の二次元バーコードまたはURLよりアクセスしてください。
▶ **https://over-lap.co.jp/824006899**
※スマートフォンとPCからのアクセスにのみ対応しております。
※サイトへのアクセスや登録時に発生する通信費等はご負担ください。

オーバーラップノベルスf公式HP ▶ **https://over-lap.co.jp/lnv/**

めでたく婚約破棄が成立したので、自由気ままに生きようと思います 3

発行　2023年12月25日　初版第一刷発行

著者　当麻リコ

イラスト　茲助

発行者　永田勝治

発行所　株式会社オーバーラップ
〒141-0031
東京都品川区西五反田8-1-5

校正・DTP　株式会社鷗来堂

印刷・製本　大日本印刷株式会社

ISBN 978-4-8240-0689-9 C0093

【オーバーラップ　カスタマーサポート】
電話　03-6219-0850
受付時間　10時～18時（土日祝日をのぞく）